なぜ、北海道はミステリー作家の宝庫なのか?

鷲田小彌太
washida koyata
井上美香
inoue yoshika

目次

II　ミステリーを切り開く

第二部　戦後――消えた作家、甦った作家

Ⅰ　「忘却」と「再発見」

第三部　現役——日本ミステリーの一翼を担う

II　まだまだいる、ミステリー作家たち

III　ミステリーも手がけた作家たち

IV　ジャンルを横断するミステリー

跋――なぜ、函館はミステリー作家の水源地なのか？

＊著者名下の◇は、井上担当分

装幀　江畑菜恵［ｅｓデザイン室］

序——北海道はミステリー作家の宝庫か？

I　ミステリーは文学じゃないのか？

日本文学やアメリカ文学がある。それと同じような意味で「北海道文学」があるわけではない。せいぜい、北海道の風土や歴史について書かれた文学作品群があるに過ぎない。『北海道文学全集〈全二十二巻＋別巻〉』（立風書房、一九七九〜八二）はこの類のものである。この全集からはミステリーも時代小説も排除されている。大衆小説は文学ではないということらしい。

心血を注いで編纂した編者たちに悪意を持っていうわけではないが、彼らの偏った文学観が生みだした結果だろう。北海道の「文学」運動がいつまでも痩せて血の巡りの悪い状態のままでいる理由である。非常に残念なことだ。

もちろん、北海道出身の、あるいは北海道に密着して生きた作家が書いた作品群を総称して、北海道文学であるなどというわけにはゆかない。本書の書題を「北海道ミステリー文学」などとしなかった理由である。本書はもっぱら、北海道出身あるいは準出身で北海道育ちであるミステリー作家の作品群の紹介を目的にしている。

最初にミステリーの「定義」を示そう。そんな面倒なことなど無用だ、とお叱りを受けるかもしれないが、別に「志」などを述べたいからではない。ミステリーが、文学の一ジャンルである小説の一領域を占めていることを、示したいからである。

西欧生まれの小説に定義を与えたのは、坪内逍遥《つぼうちしょうよう》（明治時代に活躍した小説家、日本近代文学の誕生に貢献）の『小説神髄』（一八八五）である。そのなかで逍遥は、「小説の主脳は人情なり。世態風俗これに次ぐ」と述べており、このような定義づけは世界「初」といっていい。

一方、日本の探偵小説に定義を試みたのは江戸川乱歩《えどがわらんぽ》で、「探偵小説とは難解な秘密が多かれ少なかれ論理的に徐々に解かれて行く経路の面白さを主眼とする文学である」とした。第二随筆集『鬼の言葉』（春秋社、一九三六）に収められている。発端（事件）から論理的な経路（解明の面白さ）を経て結末（意外性のある）へと至る結構を持った「文学」、それこそがミステリーなのである。

乱歩の定義は、探偵小説は大衆「娯楽」であり、「文学」、正確には芸術としての文学（純文学）ではない、という世評に対する挑戦でもあった。乱歩が目指したのは、娯楽であると同時に芸術でもある「文学」としての探偵小説である。乱歩の祈念にも似た願いは、後に松本清張の登場によって叶うことになる。

II　ミステリーの嚆矢は函館だって？

いま、「探偵（ディテクティブ）小説」とも「ミステリ」「ミステリー」（推理小説）ともいうが、日本では同じ「作品」のことを指す。戦前は探偵小説が、戦後は推理小説＝ミステリーが主流の呼称となった。従って江戸川乱歩は探偵作家、松本清張はミステリー作家といわれるが、文学上では同一不二のジャンルに属する。本書では適宜両者を使い分けるが、書題は現在の呼称に従ってミステリーとした。

亜璃西社《ありすしゃ》の読書案内

北海道の歴史がわかる本

桑原・川上＝著／旧石器時代から近・現代まで、約３万年の北海道史を52のトピックスでイッキ読み！ どこからでも読める、学び直しに最適な歴史読本です。
四六判・368頁／定価1,575円(税込)

北海道 化石としての時刻表

柾谷洋平＝著／北海道の鉄道時刻表を“化石”に見立て、過去のダイヤや広告の図版から、歴史と逸話を振り返る――。博識と筆力でつづる「鉄道哲学の書」。
四六判・272頁／定価1,680円(税込)

どさんこソウルフード

宇佐美伸＝著／釧路っ子の著者が、どさんこの偏愛食＝ソウルフードの懐かしい思い出と秘密をユーモアたっぷりに書き倒す、道産子共感の極私的フード記。
四六判・240頁／定価1,575円(税込)

南極料理人の悪ガキ読本

西村淳＝著／ベストセラー『面白南極料理人』の著者が、昭和30年代の北海道で過ごした、懐かしくも恥ずかしい青春の日々を明かす、大爆笑追憶エッセイ。
四六判・336頁／定価1,575円(税込)

さっぽろ喫茶店グラフィティー

和田由美＝著／あの『札幌青春街図』を生んだ著者が、懐かしい学生街の店や音楽喫茶など、一世を風靡した時代の店を記憶と写真でつづる傑作コラム集。
四六判・152頁／定価1,260円(税込)

さっぽろ酒場グラフィティー

和田由美＝著／おでん、焼き鳥の名店から、居酒屋、バーまで、20年以上続く老舗酒場を中心に、50軒余りを著者が厳選。呑んべえ待望の書が、ここに誕生！
四六判・192頁／定価1,365円(税込)

09-10 北海道キャンプ場ガイド

亜璃西社＝編／約370カ所の施設紹介に加え、全道のご当地グルメや夏のイベントなど、役立つ情報を満載。親切度アップで大好評のリニューアル版です。
四六判・352頁／定価1,365円(税込)

札幌から行く産直ガイド

大町香＝著／目と舌で選んだ、道央日帰り圏の産地直売所160軒を紹介。野菜や魚介、パン、チーズ、ハムなどを網羅し、立ち寄りグルメも掲載した決定版。
四六判・240頁／定価1,365円(税込)

新・札幌から行く日帰り温泉

本多政史＝著／名湯・秘湯から穴場の温泉銭湯まで全230施設を掲載。シャンプー、石鹸、ドライヤー、休憩室の有無など、現地情報満載のシリーズ最新版。
四六判・256頁／定価1,365円(税込)

亜璃西社 〒060-8637 札幌市中央区南2条西5丁目メゾン本府7F TEL 011(221)5396／FAX 011(221)5386 ホームページ http://www.alicesha.co.jp/

世界のミステリーは、エドガー・アラン・ポーの短編『モルグ街の殺人』（一八四一）をもってはじまるというのが定説である。日本では、ポーの名をもじって筆名にした江戸川乱歩の短編『二銭銅貨』（一九二三）がミステリーの嚆矢とされる。しかし、ことはそんなに簡単ではない。

ミステリーの第一走者《ファーストランナー》とされる乱歩自身が、「主な探偵作家の処女作発表の順序」を記している。

一九二〇（大正九）年　八重野潮路《やえのしおじ》（西田政治《にしだまさじ》）／「新青年」四月号懸賞当選『林檎の皮』

一九二一年　横溝正史／「新青年」四月号懸賞当選『恐ろしき四月馬鹿《エイプリル・フール》』

一九二二年　角田喜久雄《つのだきくお》／「新趣味」十一月号懸賞当選『毛皮の外套を着た男』、水谷準《みずたにじゅん》／「新青年」十二月号懸賞当選『好敵手』

一九二三年　江戸川乱歩／「新青年」四月号『二銭銅貨』、松本泰《まつもとたい》／「秘密探偵雑誌」五月号『P丘の殺人事件』

西欧の探偵小説の水準に匹敵し得る作品が、乱歩の『二銭銅貨』であることに異論はないが、最も重要なのは、ミステリーはさまざまな流れからできあがっているということにある。

ここで三つだけ注記するならば、

一、雑誌「新青年」がミステリー作家の登竜門であったこと

二、水谷準が函館出身だったこと

三、日本最初のミステリー作家となった松本恵子《まつもとけいこ》が、夫の泰が主宰する「秘密探偵雑誌」に中野圭

介のペンネームで『皮剝獄門《かわむきごくもん》』（一九二三）を書いたこと恵子も函館出身である。日本ミステリー草創期のファーストランナーたちのなかに、函館出身者が二人もいることに注目してほしい。

また、名作選『日本ミステリーの一世紀』〈上・中・下〉（長谷部史親・縄田一男編、廣済堂出版、一九九五）の上巻に収録されている作品を、順番に列挙してみよう。

一八八九（明治二十二）年　黒岩涙香《くろいわるいこう》『無惨』
一九二五（大正十四）年　岡本綺堂《おかもときどう》『利根の渡』
一九二三年　松本泰『緑衣の女』
一九二五年　谷譲次《たにじょうじ》『上海された男』
＊小酒井不木、平林初之輔、江戸川乱歩、夢野久作、妹尾アキ夫の作品を挟んで
一九二九（昭和四）年　渡辺啓助《わたなべけいすけ》『偽眼《いれめ》のマドンナ』
一九三〇年　水谷準『胡桃《くるみ》園の蒼白き番人』
一九二七年　渡辺温《わたなべおん》『兵隊の死』
＊小栗虫太郎、海野十三、木々高太郎、横溝正史、蘭郁二郎の作品を挟んで
一九四八年　久生十蘭《ひさおじゅうらん》『骨仏』ほか

作品の発表時期はばらばらだが、ほぼ大正から昭和の初期に作品発表をはじめたミステリー作家ば

かりで、水谷とともに、谷、渡辺兄弟、久生十蘭が函館出身である。函館は日本ミステリーの巨大な水源ダムであったのだ。

III　時代小説はミステリーか？

しかしミステリーの流れには、谷崎潤一郎の短編『秘密』（一九一一）、佐藤春夫の『指紋』（一九一八）、芥川龍之介の『藪の中』（一九二二）、それに現代では大西巨人の長編『三位一体の神話』（一九九二）のような非ミステリー作家のミステリー作品が数多くある。作家別によくよく精査すれば半端な数ではないだろう。この流れを、作家のミステリー「趣向」や「副業」などという文句で捉えてよいのだろうか。

北海道と関連の深い福永武彦は、加田伶太郎の名で探偵小説執筆に没頭した一時期があり、まとめて『加田伶太郎全集』（一九七〇）を上梓した。そういえば谷崎には、『潤一郎犯罪小説集』（一九二九）がある。

さらにいえば、日本ミステリーの流れのなかでもっと重要な点が忘れられている。「歴史物」と呼ばれる時代小説で、その最も大きな内容上の特徴は、探偵小説＝ミステリーであるということだ。『修禅寺物語』などで知られる劇作家の岡本綺堂は、時代小説のファーストランナーである。通常は中里介山《なかざとかいざん》や白井喬二《しらいきょうじ》の名が挙げられるが、一九一七（大正六）年に発表された『お文の魂』以下の「半七捕物帳」は紛れもなき時代小説であり、コナン・ドイルの「シャーロック・ホームズ」に範をとった、純和製の探偵小説（ミステリー）でもある。
歴史小説と時代小説を「区別」（差別）して、前者は「史実」を踏まえるが、後者は「史実」を軽視ないし無視する荒唐無稽な作り物の類だ、などという極端なことをいう人はもはやいなくなった。だが、歴史小説はノンフィクションに近く、時代小説はフィクションで、それも伝奇性を前面に押し出す作品だ、という意識は、作家のなかにも読者のなかにも今なお残存している。

ちなみに、司馬遼太郎の初期の作品は極めて伝奇性の強いものだ。しかも、直木賞を受賞した『梟の城』（一九五九）、さらには『風の武士』（一九六一）も、それぞれ主人公は「実在」の人物ではない。史実で明らかにできない部分を想像力で補うとよくいわれるが、史実の取捨選択も含めて、あくまでも作家の創作（フィクション）なのだ。

函館出身の長谷川海太郎《はせがわかいたろう》は、谷譲次の名でミステリーを、林不忘《はやしふぼう》の名で時代小説を、牧逸馬《まきいつま》の名で怪奇ロマン小説を書いた。しかし、その作品群をひっくるめていうと、ミステリーの範疇に入る。函館出身で、もう一人時代小説を書いたのが久生十蘭である。『顎十郎《あごじゅうろう》捕物帳』は、数ある捕物帳のなかでも五指に入る傑作である。函館という街は、時代小説（ミステリー）においても、その源流の一つを形成しているといっていいのだ。

Ⅳ　戦後における北海道のミステリーは「不毛」か？

先に挙げた名作選『日本ミステリーの一世紀』は、中巻（一九五四～七二）で十四作品、下巻（一九七三〜九二）で十一作品を収録している。そのうち、北海道出身の作家はゼロである。この数字は実勢を反映しているだろうか？　然り、かつ否、である。

然りとは、戦前の長谷川海太郎、久生十蘭、水谷準と肩を並べるような盛名のミステリー作家が、一九九一年までは現れなかったからである。それに戦前と比較すると、戦後の日本ミステリーの厚みがグンと増したのに比して、北海道出身の作家の活躍は、単発的であったといわざるをえない。北海道を舞台に数々のミステリー作品が書かれたのだから、なおのこと、その貧弱さが目立つ結果になったといえる。

否には二つある。一つは、無視ないし軽視され続けてきたが、丁寧に拾い出せば日本ミステリーにとって重要な作家がいるからだ。

一人は楠田匡介《くすだきょうすけ》である。厚田生まれで、『いつ殺される』（一九五七）以下、トリックを生かした作品を数多く書いた。二〇〇二年には、日下三蔵《くさかさんぞう》編で『楠田匡介名作選　脱獄囚』（河出文庫）も出ている。

二人目は高城高《こうじょうこう》である。乱歩によってその処女作『X橋付近』（一九五五）が評価され、日本ハードボイルドのファーストランナーの栄誉をになったが、一九七〇年代のはじめに作品発表をやめた。その高城が、作品集『X橋付近』（二〇〇六）の発刊を契機に注目を集め、『高城高全集〈全四巻〉』（二〇〇八）が刊行されるとともに、高城自身も作家活動を再開している。

三人目は中野美代子だ。札幌生まれで、著名な中国文学研究者である中野には、決して余技と片付けるわけにはゆかない良質なミステリーがある。どんなミステリー史にも名が上がらない中野美代子のミステリー作品集『契丹《きったん》伝奇集』（一九八九）や『鮫人《こうじん》』（一九九〇）、『ゼノンの時計』（一九九〇）は、いずれも逸品である。

否の第二は、一九九一年以降にデビューした北海道出身のミステリー作家による、現在に続く活躍があるからだ。詳しくは本編で述べるので、ここでは代表作と名前を挙げるに留めるが、『警官の血』の佐々木譲、『残光』の東直己、『隠蔽捜査』の今野敏、そして『ニューナンブ』の鳴海章がいる。四人とも多作を誇り、常に一定水準を超える作品を発表し続けている。

その他に、三人の名前だけを挙げておこう。京極夏彦、馳星周、宇江佐真理である。多くを語る必要はないだろう。

V　量からいっても質からいっても、北海道はミステリー作家の宝庫だ

戦前、戦後、そして一九八〇年代以降の現在、北海道のミステリー作家は、数においても、その作品数と質においても、注目すべき成果をあげてきたといえる。

郷土愛がある。そのなかには、郷土で生まれ、活躍した人々に対する愛敬《あいぎょう》がある。ところが、戦前の長谷川海太郎も久生十蘭も、北海道（函館）を捨てた人間であるといっていい。いわゆる郷土愛に欠けた人間である、と断じることができる。と同時に、国境を越えて生きようとした人間でもあるのだ。それは北海道生まれの人間に共通する、ある種の無意識でもあるだろう。

佐々木譲や東直己、それに宇江佐真理は、北海道に在住しながら、しかし北海道に特有であるとされる安直な風土性やイデオロギーにとらわれず作品を発表している。鳴海は郷里の帯広に居を移し、

郷土愛にむしろ寄りかかるような作品を発表しはじめている。今野敏、京極夏彦、馳星周は、これまでのところハイパー欲望都市・東京（江戸）を舞台に作品を書いている。この四人が今後どのような軌跡を辿るのか、ますます楽しみだ。

なお本書は、ミステリーのメインストリートにある作家を中心に、第一部・戦前、第二部・戦後、第三部・現役という大まかな時代区分のもとに展開してゆく。同時に、枝道や杣道を歩んだ作家も取り上げて紹介してゆく。

この種の紹介の妙味は「発見」にある。さて、いくつ読者の胸に発見の灯を点すことができるだろうか。お楽しみあれ。

（鷲田）

第一部　戦前——函館生まれの探偵小説作家たち

幕末、日本が外国に向かって港を開いた。その一つが函館であった。その新しい日本の第一走者である函館に、新文学ジャンルである探偵小説（ミステリー）が最初に生まれた。偶然ではないだろう。水谷準、谷譲次＝林不忘＝牧逸馬、久生十蘭の名を挙げるだけで、ぞくぞくっとするのは私だけではないはずだ。彼らは、函館生まれの探偵小説三銃士である。

しかし、この函館生まれの新文学の旗手たちは、函館を顧みることはなかった。柳田《やなぎた》國男《くにお》の表現を借りていえば「函館殺し」を敢行した。もちろん行きずりの殺しとは違う。見捨てた函館に哀惜の情を残しつつである。さらに言い添えれば、この殺しには、函館ではなく、日本文学、否、世界文学をこそ愛するという作家本来の情熱が含まれていた。コスモポリタン（故郷喪失者）の念である。

（鷲田）

I　函館が生んだ探偵小説三銃士

水谷　準
長谷川海太郎
久生十蘭

水谷 準

――日本ミステリーの草創期を切り盛りする

【みずたに・じゅん、一九〇四（明治三十七）年三月五日～二〇〇一（平成十三）年三月二十日】

函館市船見《ふなみ》町生まれ。本名は納谷三千男。筆名には別に、山野三五郎、水谷道男、山野十鳥がある。弥生小学校から函館中学校（現函館中部高校）に進む。同窓の先輩に長谷川海太郎、久生十蘭がいる。早稲田高等学院在学中に、「新青年」の懸賞に一位入選した『好敵手』が同誌一九二二（大正十一）年十二月号に掲載された。早稲田大学仏文科に入学後、江戸川乱歩らが一九二五年に創刊した月刊誌「探偵趣味」の第十二号（一九二六年六月）より、事実上の編集責任者となる。一九二八（昭和三）年、卒業と同時に博文館へ入社し、翌年「新青年」の四代目編集長に就任。一九三七年にいったんその任を退くが、一九三九年六月号から再び編集長となり、一九四五年二月号まで続けた。戦後は公職追放により職場を追われ、作家専業となってミステリーの長短編を量産する。しかし、一九五〇年代でミステリー作家をやめ、ゴルフ作家に転じてからむしろ有名になった。

編集者と作家の狭間で

日本のミステリーを生み、育てたのは一にも二にも雑誌「新青年」（一九二〇年一月号～五〇年七月号）の力に負うところが大きい。特に乱歩の『二銭銅貨』を掲載した初代編集長の森下雨村《もりしたうそん》（探偵小説の基礎を築いた名編集者、「新青年」を生み、乱歩を見出した）と、四代目の水谷準の功績は大である。

水谷は根っからの編集者である。編集事務能力も抜群だったが、新人発掘にも優れていた。長谷川海太郎（谷譲次）・潾二郎《りんじろう》兄弟、渡辺啓助・温兄弟、という同郷の「函館」組に執筆の便を与える一方、同じ函館組の久生十蘭や小栗虫太郎《おぐりむしたろう》、木々高太郎《きぎたかたろう》（生理学者の林髞《たかし》）、獅子文六（劇作家の岩田豊雄）などの「大物」作家をデビューさせている。

一方、作家としての水谷は、編集に力をそそいだ戦前の短編に好編があるものの、作家一本となった戦後の作品や長編はあまりいただけない、という評価が定着している。果たしてそうだろうか。乱歩に「幻想耽美派」といわれた水谷だが、犯罪とトリックを主体とするその作風は、むしろ探偵＝ミステリー小説の「定型」に傾く嫌いがあったとさえいえるのではないだろうか。

編集者は第二の作者である。この言葉は最もよく水谷準に当てはまるだろう。特に水谷が大きな影響を受けた長谷川海太郎は、現実と虚構を、幻想や伝奇やユーモアを、カオス状態で噴出させる作品を量産し、流行作家として君臨した。こうした作家を「先輩」に持ち、目前にすると、編集者の筆は鈍るのが常だ。

しかし、水谷は編集にかまけて筆を休めることはなかった。はやくも一九二九（昭和四）年に短編集を二冊出している。『〈日本探偵小説全集十三〉水谷準集』（改造社）であり『〈探偵小説全集五〉横溝正史・水谷準集』（春陽堂）である。

乱歩は水谷の『司馬家《しまけ》崩壊』（一九三五）を取り上げ、「幻想派探偵小説の代表とも云うべく、リアルであるべき探偵小説が幻想派と結びついて成功を見せているのは、小栗虫太郎の詩と論理の場合のように、何かしら不思議なものを感じるのである」（『〈江戸川乱歩全集第二十五巻〉鬼の言葉』、光文社文庫、二〇〇五）と述べている。

その『司馬家崩壊』の一節を引く。

巨人の階段のような丘を三つばかり登りきると、脚下に拡がる緑色の毛氈《もうせん》の向うに、はっきりと海が見える。太平洋につながる海の色は、青というより寧ろエメラルド色に透いて見えるが、いま初夏の太陽の下で金色の鱗のように光っている。その向うに、この岬が続いている人口十五万ぐらいのT市の横顔が、薄紫色の靄《もや》の中に霞んで眺められる。（『司馬家崩壊』〔『〈怪奇探偵小説名作選三〉水谷準集―お・それ・みを』所収、ちくま文庫、二〇〇二〕）

水谷の作品は、どんな小品でも探偵小説の結構を守っている。①発端＝秘密＝奇妙な事件があり、②経路＝論理的に解明されてゆく面白さがあり、③結末＝意外さからなる「文学」である、と乱歩が述べた通りの展開を示すのだ。特に重要なのは「奇妙な死体」である。この作品も、のどかで風が光り海が薫るような発端に続き、一転して大地主の主人が突然姿をくらまし、奇妙な死体となって現れ、その死の謎が右にねじれ左に転びながら解かれてゆき、意想外の結末に至る。著者得心の作だろう。

評価されなかった戦後の長編

水谷の戦後の作品、特に長編はほとんど評価の対象にのぼらない。批評家たちも戦後には見るべきものがない、というような表現を連ねている。この「酷評」に拍車を掛けているのが、戦後に書かれた長編作品が一般の読者に手の届かない高価な値で売買され、入手困難なことにある。いわゆるミステリーマニアの目にしか触れなくなっているのだ。

そこで、古書で比較的入手しやすい『夜獣』を見てみよう。

省吾は門前に立って、まだ武装を整えていないらしい家に安心感をいだいて、のこのこ前庭へはいりこんで行った。建物は白い壁のバンガロー風で手軽な構えである。／と、この時だった。／パーン、鋭い音がまさしくこの建物の中から流れ出て来た。省吾は音にはじかれるように飛びのき、音に続く次の気配を待ったが、それきりシーンとなった。家の中で何か異常なことが起りつつある。そこには「白い窓の女」がいる。省吾はどうしていいか分らず、胸苦しいあまり嗳口《おくび》をした。／やがてあわただしい足音が聞え、玄関の戸が突然開いた。そこからとびだして来たのは、まぎれもない「白い窓の女」だった。彼女はとびだして、一寸立ちどまり、左右を見た。当然その暗闇の中に省吾が突立っているのが見えてもよい筈だのに、その気配もなくそのまま白い門扉から道路の方へ駈けだして行った。／省吾は暗闇の中から出て来た。女は元来た道を逆に引返していったらしい。省吾の方は女が開け放して行った玄関へ身を乗入れた。(『〈書下し長編探偵小説全集九〉夜獣』、大日本雄弁会講談社、一九五六)

ゴルフクラブでボーイをしているプロゴルファー志望の佐治省吾が、最初の殺人現場に出くわす場面である。死体が消え、省吾は警察から追われる。探偵役で省吾を助けるのが新聞記者の丹野である。下手人は、省吾の胸のなかにマリア像のように刻み込まれた「白い窓の女」なのか？　殺人の動機は何か？

トリックは秀逸である。マジックの類ではなく、通常の頭脳の持ち主で考え出すことができるからだ。謎を解く鍵は消えた死体にあるはずなのに、物語の終端までその死体のありかがわからない。というより、消えたのは「死体」であるのかさえ不明なのだ。この作品に欠けているのは、むしろウィリアム・アイリッシュ『幻の女』のような「耽美と幻想」の香りである。

推理小説の醍醐味は長編にある。戦前のミステリーの秀作はすべて短・中編で、敗戦直後に登場した横溝正史の長編『本陣殺人事件』（「宝石」一九四六年四〜十二月号初出）がその壁を突破した。水谷の長編も同じ壁に挑んでいる。しかし、周囲からは低い評価しか得られなかった。そして、一九五八（昭和三十三）年に松本清張の『点と線』（光文社）が登場し、ミステリーブームが巻き起こった。戦後復活した横溝を含め、戦前のベテランは総退陣を強いられることになる。ただし、水谷は清張より四歳あまりしか年を食っていなかったのだ。

結局、作家・水谷は自身の戦後作品を評価し、世に送り出す編集者に恵まれなかった、といわざるをえない。その編集者のなかには、乱歩も入っている。

水谷なしに北海道にミステリーは生まれなかった

函館は北海道の玄関であった。同時に、幕末の日本が外国にはじめて開いた玄関口でもあった。政治も経済も文化も、人も物も函館に入り、函館から出てゆく。函館のハイカラさは、外国人が集い居住する街であることに最もよく表れていた。そこには、雑多なものが集積するバタ臭さがあった。

　そのバタ臭さを希釈したハイカラさを、最もよく作品のなかで表現したのが水谷準である。ペンネームの「準」は、パン屋を営む父親が広く外国人と付き合いのあったことから、彼らに「ジョン」と呼ばれたことに由来するという。

　水谷の作家、編集者人生の幸運も、ある種の不運も、二人の特異な先輩と密接な関係がある。長谷川海太郎と久生十蘭の影響だ。編集者としておのずと二人を特別待遇し、作家としてはこの二人の後塵を拝する形で、第三の男を演じなければならない。このあたりの微妙な事情が、他の函館組への偏愛となって表れたといってもいいだろう。

　早稲田大学時代は地味井平造《じみいへいぞう》（長谷川海太郎の弟、潾二郎）と同居し、そこにアメリカ帰りの海太郎が一時潜り込んでくる。水谷が二人のために、探偵小説を書く舞台の提供に骨を折ったことはいうまでもない。フランス帰りの久生十蘭に、渡辺啓助・温兄弟にデビューの機会を与えたのも水谷である。水谷なしに北海道にミステリーは生まれなかったのでは、といってみたい。

　ところが函館組は、戦前に海太郎と渡辺温が早世し、戦後、十蘭は孤高の作家となり、身近にいたのは啓助だけとなる。戦後、公職追放になった事実と合わせて、水谷がある種の「孤立」感を味わわなければならなくなった一つの事情である。一九五九（昭和三十四）年以降、水谷はアンソロジーをのぞいて探偵小説の自著書の再刊、復刊を認めていない。『夜獣』の新装版（講談社ロマン・ブックス、一九五九）がその最後である。

　ただし、著作活動を止めたわけではなかった。水谷はゴルフ本の翻訳・著述に関して日本のパイオニア的存在であり、特にベン・ホーガン著『モダン・ゴルフ』（ベースボールマガジン社、一九五八）の訳出は、「古典」として高く評価されている。

（鷲田）

【著書】

『〈日本探偵小説全集十三〉水谷準集』（改造社、一九二九）
『〈探偵小説全集五〉横溝正史・水谷準集』（春陽堂、一九二九）
『獣人の獄』（新潮社、一九三二→新潮文庫、一九三五）
『われは英雄』（春秋社、一九三五）
『エキストラお坊ちゃま』（岩谷書店、一九四六）
『傀儡師《かいらい》〈DS選書〉』（自由出版、一九四七）
『国際奇談倶楽部夜話』（東書房、一九四七）
『薔薇と蜃気樓』（青燈社、一九四七）
『黒面鬼』（教養社、一九四七）
『獅子の牙』（八重垣書房、一九四八）
『怪人蟹男』（同盟出版社、一九四八）
『猛犬ボビイ』（同盟出版社、一九四八）
『謎の骸骨島』（同盟出版社、一九四八）
『窓は敲かれず』（岩谷書店、一九五〇）＊短編集
『瓢庵先生捕物帖』（同光社磯部書房、一九五二→講談社ロマン・ブックス、一九五八）
『瓢庵先生捕物帖〈新作捕物選〉』（同光社磯部書房、一九五三）
『ある決闘・私刑（リンチ）』（春陽堂、一九五四）

『赤い匕首』（同光社、一九五五）
『赤と黒の狂想曲』（東方社、一九五五）
『悪魔の誕生』（東方社、一九五五）
『暗黒紳士』（東方社、一九五五）
『薔薇仮面』（東方社、一九五六）
『〈書下し長編探偵小説全集九〉夜獣』（大日本雄弁会講談社、一九五六→講談社ロマン・ブックス、一九五九）

【アンソロジー】＊戦前、戦後の中・短編は、以下のアンソロジーで読むことができる

『殺人狂想曲』（春陽文庫、一九九五）
【収録作】「殺人狂想曲」一九三一、「闇に呼ぶ声」一九三一、「瀕死の白鳥」〔?・〕
『〈日本探偵小説全集十一〉名作集1』（創元推理文庫、一九九六）
【収録作】「空で唄う男の話」、「お・それ・みお」、「胡桃園の青白き番人」
『〈怪奇探偵小説名作選三〉水谷準集―お・それ・みを』（ちくま文庫、二〇〇二）
【収録作】「好敵手」一九二二、「孤児」一九二四、「蠟燭」一九二六、「崖の上」一九二六、「月光の部屋」一九二六、「恋人を喰べる話」一九二六、「街の抱擁」一九二七、「お・それ・みを」一九二七、「空で唄う男の話」一九二七、「追いかけられた男の話」一九二七、「七つの閨」一九二八、「夢男」一九二八、「蜘蛛」一九二八、「酒壜の中の手記」一九二七、「手」〔?・〕、「胡桃園の青白き番人」一九三〇、「司馬家崩壊」一九三五、「屋根裏の亡霊」一九三六、「R夫人の横顔」一九四七、「カナカナ姫」一九四七、「金箔師」一九四八、「窓は敲かれず」一九四八、「今宵一夜を」〔?・〕、「東方のヴィーナス」一九五〇、「ある決闘」一九五一〔第五回探偵クラブ作家賞短編賞受賞作〕、「悪魔《メフィスト》の誕生」一九五一、「魔女マレーザ」一九五二、「まがまがしい心」一九五三

長谷川海太郎

「谷譲次《たにじょうじ》・林不忘《はやしふぼう》・牧逸馬《まきいつま》」の三人で一人

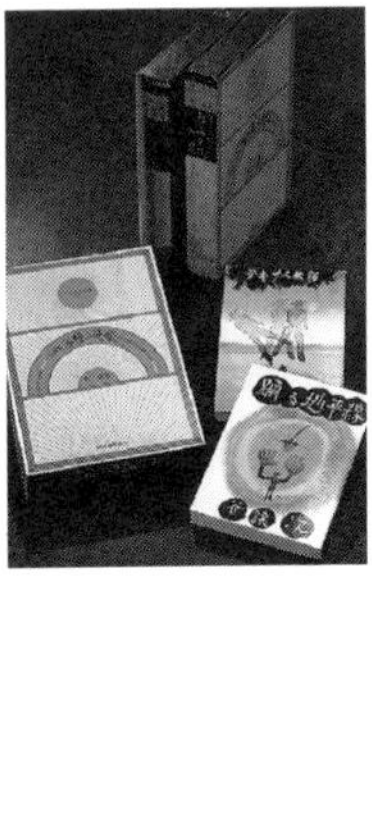

【はせがわ・かいたろう、一九〇〇（明治三十三）年一月十七日〜一九三五（昭和十）年六月二十九日】

　新潟県佐渡赤泊《あかどまり》村徳和（現新潟県佐渡市赤泊）に、男四人女一人弟妹の長男として生まれるが、幼少期に函館市へ移住し育つ。本名は長谷川海太郎。元教師でジャーナリストの父が、一九〇一（明治三十四）年に「北海新聞」（後の「函館新聞」）の主筆となり、函館へ移住した。父の教育方針は放任主義で、「ひとかどの人物になれ、天下に名を成せ」が口癖だった。弥生小学校から函館中学校（現函館中部高校）に進むが、最終学年時に教師排斥運動を組織し、落第を選ばず退学。一九一七（大正六）年、明治大学専門部法科に入学する。一九二〇年に専門部を卒業後、アメリカ留学の途につく（大半の年譜には一九一八年に渡航とあるが誤り）が大学はすぐ辞め、さまざまな仕事につきながらアメリカを放浪。一九二四年には、貨物船に乗務する形で帰国の途につき、大連で下船、朝鮮半島を経由して帰国した。

　帰国後、松本泰主宰の雑誌「探偵文藝」に参加し、そこで知りあった「新青年」編集長森下雨村のすすめで、一九二五年一月号から谷譲次名義で「めりけんじゃっぷ」シリーズの執筆をはじめる。「探偵文藝」同年三月号からは林不忘名義で「釘抜藤吉捕物覚書」シリーズを書きはじめ、さらに「新青年」同年四月号掲載の牧逸馬名義『上海された男』で文壇に登場した。海太郎の文壇での地位を決定的にしたのは、吉川英治《よしかわえいじ》の『鳴門秘帖』のあとを受けて一九二七（昭和二）年十月から「東京日日新聞・大阪毎日新聞」で連載をスタートさせた『新版大岡政談』である。その後、中央公論社の特派員として一九二八年三月から一年三カ月にわたるヨーロッパ旅行に赴き、帰国する頃には時の人となっていた。連載途中にして、『新版大岡政談』が三社競作の形で映画化されたおかげである。なかでも伊藤大輔《いとうだいすけ》監督、大河内傳次郎《おおこうちでんじろう》主演による作品が観客の支持を得て、「新版大岡政談」から「丹下左膳《たんげさぜん》」へタイトルを変えてシリーズ化され、原作の改名劇にまで進むことになる。デビュー後の十年間、ライティング・マシーンさながらに作品を量産しつつ、文壇に毀（誉褒）貶の波風を立て続け、鎌倉にある完成間近の豪邸（怪邸）に盤踞するなか、一九三五年に心臓発作で急逝する。三十六歳であった。「朝日新聞」は号外を出し、「牧逸馬こと長谷川海太郎」の訃報を伝えた。

『丹下左膳』も『浴槽の花嫁』もミステリーだ

長谷川海太郎は三つの名を持つ。戦後に出された河出書房の『一人三人全集』〈全六巻〉は、林不忘（時代小説）・谷譲次（海外体験記）・牧逸馬（ミステリー・世界怪奇実話）の三者に、それぞれ二巻ずつを当てている。

この全集に収められた巻末エッセイで、五木寛之《いつきひろゆき》は谷譲次をそれも『めりけんじゃっぷ』ものよりもドキュメンタルな『踊る地平線』を、山田風太郎《やまだふうたろう》は林不忘の悪漢『丹下左膳』を、そして松本清張は牧逸馬の怪奇実話物を代表作としている。ただし、「体験」といい「実話」といい、「伝奇」時代小説といい、すべてが一人の作家による創作（フィクション）である。文章も、饒舌かつ絢爛を装うように見えて、簡潔かつ的確な表現が多い。

ミステリーを手がけるのは牧逸馬ということになっている。だが、林不忘としての最初の作品『釘抜藤吉捕物覚書』も、谷譲次『上海された男』(「新青年」一九二五年四月号初出)もミステリーである。

　箱のような寝台《バアス》の中で毛布にくるまって眼を閉じた時、自分に掛かっている嫌疑を思って森為吉は初めて慄《ぞっ》然とした。隠しの中で坂本の小刀を握ってみた。冷たい触感が彼の神経を脅かした。彼はどうすることもできなかった。何時からともなく自分自身が自分の犯行を確信するといったような変態的な心理に落ちて行った。こうした弱い瞬間に、根も葉もない夢みたいな告白をしたばかりに、幾多の「手の白い」人間が法治の名によって簡単にそうして事務的に葬り去られたことであろう。(『上海された男』(『〈一人三人全集Ⅵ〉牧逸馬「ミステリー七時〇三分」』所収、河出書房新社、一九七〇))

「上海する」とは、「通行人を暴力で船へ攫ってきて出帆後、陸上との交通が完全に断たれるを待って、過激な労役に酷使すること」である。この短編、味わいからいえば松本清張の『無宿人別帳』(一九五八)とよく似ている。前出の河出版全集では第六巻の牧逸馬『ミステリー七時〇三分』に入れられているが、至当な処置だろう。推理作家の都筑道夫は、『釘抜藤吉捕物覚書』を岡本綺堂『半七捕物帳』と佐々木味津三『右門捕物帳』をつなぐ作品であると見立てる。
　事実、内容も表現も、アメリカ放浪帰参者の若書きとは思えないほど「端正」である。そもそも時代小説はミステリーであり、捕物帳はその正統派であるのだ。また、『丹下左膳』はその話や道具立てがどれほど荒唐無稽なものと思えても、テンポが速く歯切れがよい、何よりも大衆が喜ぶミステリー仕立てなのである。

次節で示すように、江戸川乱歩は「三人」のなかで最もふるわなかったのが牧逸馬であると述べている。「書誌・評論家」の乱歩とも思えない言葉だ。河出版全集の年譜で牧逸馬の項を見ると、初期から絶頂期、最晩年に至るまで、とぎれることのない作品群で埋められている。加えて、牧には『世界怪奇実話全集』〈全三巻〉がある。松本清張が「三人」の作品中で最高傑作とみなす「実話」シリーズである。中央公論社の特派員として一年三カ月、妻とヨーロッパ各国をまわって「材料」を集めてきた「実話」がベースになったものだ。

英国ブラックプウルの町を、新婚の夫婦らしい若い男女が、貸間を探して歩いていた。彼らが初めに見にはいった家は、部屋は気に入った様子で、ことに女の方は大分気が動いたようだったが風呂が付いていないと聞くと、男は、てんで問題にしないで、細君《さいくん》を促してさっさと出て行った。コッカア街に、クロスレイ夫人という老婆が、下宿人を置いていた。つぎに二人は、このクロスレイ夫人の家へ行ったが、そこには同じ階《フロア》に立派な浴室があったので、男はおおいに乗気になって、さっそく借りることに話が決まった。間代は、風呂の使用料を含めて、一週十シリングであった。男の名はアウネスト・ブラドンといって、田舎《いなか》新聞に時々寄稿などをするだけの、いわば無職だった。女は、アストン・クリントンの町に住んでいる石炭商の娘で、アリス・バアナムという看護婦であった。アリスは、健康で快活な田舎娘だったが、ブラドンは、背の高い、蒼白い顔の神経質らしい男だった。二人とも安物ながら身綺麗《ぎれい》な服装をしていたが、女が確固《しっかり》としているわりには、男は、怠け者の様子だった。これは後年ロンドン、ボウ街の公判廷で申し立てたコッカア街の下宿の女将《おかみ》クロスレイ夫人の陳述である。(『浴槽の花嫁』(『〈一人三人全集V〉牧逸馬「世界怪奇実話―浴槽の花嫁」』所収、河出書房新社、一九六九))

これは結婚直後から、何人もの女をこともなげに浴槽に沈めて遺産を奪った、ジョウジ・ヨゼフ・スミスの女狩りの顚末を描いた『浴槽の花嫁』(「中央公論」一九三〇年四月号初出)の冒頭である。「世界怪奇実話」シリーズは、女スパイのマタ・ハリやタイタニック号遭難などを扱った各編五十枚ほどの「実録」(ノンフィクション)である。その内容や叙述は、今日の読者が読んでも古くさくない。むしろ、現在の週刊誌などによく見られる、「見出し」で読ませ中身の薄い「実録」ものとは、質を異にする。

さらに言葉を添えれば、この実録物は単なる事実のレポートではなく、ミステリーでもあるのだ。そのための仕掛けも、かなり手が込んでいる。読者の興味を引くためでもあるが、「事件」をより的確に伝えるのにふさわしい表現を選んでいるからだ。つまりは、創作の腕が冴えているわけである。

無国籍小説が持つ意味

谷譲次や牧逸馬の小説に絶えずつきまとうのは、「無国籍」という烙印であった。

長谷川海太郎は学生時代、アナーキストの大杉栄の家に一時出入りしたことがある。反権力的なりベラリストである父親の影響を受けてもいる。その上、伊藤博文をハルビン駅で暗殺する男を主人公としたシナリオ「安重根《あんじゅうこん》」(「中央公論」、一九三一年四月号初出)まで書いている。元勲伊藤は「日本国家」の象徴であった。

しかし、何よりも明らかなのは、彼の『テキサス無宿』や『踊る地平線』、さらには『世界怪奇実話』が、題材や内容だけでなく、その語り口も含めて特定の「国籍」に属するものではないことだ。そこに、ナショナリズムの因子を欠片ほども見出すことはできない。林不忘『丹下左膳』の主人公・丹下左膳も、明らかにアナーキーな性格の持ち主である。当時流行した傾向映画の主人公として、うってつけのキャラクターであった。

だが、「無国籍」は当時の探偵小説のいわば特徴であり、大正から昭和初期にかけてのモダニズムを掲げた文学や芸能の一般的特徴であったといっていい。ただし、海太郎の作品に流れるイズム、「思想」傾向を云々するなら、アナーキー(無政府主義)というよりもむしろ無思想あるいはアウトロー(無法)といわなければならないだろう(だからといって、海太郎が無思想であると指摘したいわけではない)。

牧逸馬の犯罪小説は、例えば「快楽殺人」を扱っている。だが、そのどれも「犯罪」を肯定するものではない。無法者を扱うが、それを肯定しヒーローに仕立てているのではない。作品の底に流れているのは、殺人鬼に対する好奇心とともにある「憎しみ」であり、無法に対するアイロニカルな二重感情、痛快と痛恨が背中合わせになった感情である。その対立する二重感情がぶつかり合うなかに、読者は一種のユーモアを感じとることができるのだ。

海太郎の作品にあるのは、怪奇や犯罪や無法が持つ無国籍な性格、至って人間一般に共通な性格である。怪奇や犯罪は国を超えたあちら側のことに属するから、日本には無縁だ、ということではないのだ。「無国籍」とは、彼の作品に関してはネガティブな形でしか語られてこなかったが、その実はユニバーサル（普遍的）を意味するといってもいいだろう。

しかし、これは当時の探偵小説におおよそ共通な特徴でもある。海太郎が独特なのは、怪奇や犯罪や無法を自分自身の特異な体験、実際起こった重大事件の貴重な文献・資料というフィルターを通して語ることで、独特のリアリティーを与えることに成功した点にある。多くの読者を獲得した理由だ。むしろ、今日の私たちから見れば、『世界怪奇実話』で語られる多くの「事件簿」を、短期間のうちに英米仏の膨大な文献から抽出、翻案、創作したその超人的な作家としての能力に、驚きを禁じ得ない。

傲岸と礼節の間で

江戸川乱歩は『探偵小説十五年』のなかで、「牧逸馬」の作家歴を詳しく紹介しながら、次のような感慨を漏らしている。

私が知っているのは、三人の内では最もふるわなかった牧逸馬君であって、それも大正末から昭和の初めにかけてのごく短期間に過ぎなかった。随《したが》って同君の思出もさして多くはないのであるが、振返って見ると、当時の牧逸馬君には、後年林不忘君が示したあの傲岸不屈《ごうがんふくつ》な小説実業家の面影は殆んど見ることが出来なかった。非常に自意識の強いはにかみ屋らしく、会合の席に出ても、殆んど口を利《き》かず、たまに口を利けば鄭重《ていちょう》を極めた言葉遣《づか》いで、私など面喰《めんくら》う程であった。この人が数年の後、世間で云うような傲岸な性格に早変りしたとは、何となく考えにくい事であった。作家つき合を少しもせず、広い邸宅に引籠《ひきこも》って、小説製作の機械となり果て、ジャーナリストとの折衝《せっしょう》は凡《すべ》て人任せであったというその態度が、外部からはただ傲岸に見えたのではないか。そういう態度そのものが、実は同君の弱さから来ていたのではないかと、私は同君の世評を聞く度に、私《ひそ》かに弁護し同情を表していたのであった。同君は文筆実業家になり得る才能を持っていたし、又なろうと力《つと》めてもいたが、そういう逞《たくま》しい精力の反面には、自から安んじ得ぬ過剰なる自意識を持っていたのではないか。そして、この二つのものの相剋《そうこく》が同君の神経を責め悩まし、それが積《つも》り積って、若くして卒然として病死する禍因《かいん》となったのではないか。(『探偵小説十五年』〔『〈江戸川乱歩全集第二十五巻〉鬼の言葉』所収、光文社文庫、二〇〇五〕)

このあと乱歩は、海太郎からの私書をかなり詳しく公開している。その箇所も極めて興味深いが、ここで引用した節のいわば「証拠」の類なので、ここでは割愛したい。

乱歩が海太郎の性格の「弱さ」と指摘した部分をもう少し正確にいえば、「礼儀の男」ということだろう。当時の世間一般の礼儀や文士・文壇の礼儀とは異なるが、親しい人間同士の間におのずと生じるリベラルな「礼儀」である(室謙二『踊る地平線』、晶文社、一九八五)。この性格は文壇ジャーナリストから意識的に離れようとした生活スタイルと符合するし、海太郎が異境の地でやすやすと生きることができた理由でもあるだろう。人種や民族や文化を越えて、一個の人間同士が「素」の状態でつきあうためのマナーである。

「良質な小説」という高みを目指す

谷譲次の作品は斬新であり評価できるが、牧逸馬の名で書き飛ばした（量産した）作品は通俗である、という評価が当時の探偵小説界に共通してあった。今日でもその評価軸は変わっていない。牧逸馬を一番とする松本清張のような評価は、むしろ例外なのだ。

非常に単純化していえば、『テキサス無宿』は通俗でなく、『丹下左膳』は半通俗で、『浴槽の花嫁』や『この太陽』（『牧逸馬探偵小説選』所収）は通俗だ、ということである。

「通俗」と「大衆」はポピュラー（popular）のことで、同義である。探偵小説＝ミステリーは、時代小説とともに大衆＝通俗小説であり、多くの人（multitude）が読むことのできる小説を指す。中里介山は『大菩薩峠』が時代小説＝大衆文学と呼ばれることを拒否した。もっともなことである。大衆が読んで理解できる（リーダブル）小説ではない、という意味においてだ。

大衆向けでない小説があって悪いわけではない。しかし、大衆小説が粗雑で読むに値しないということにはならない。大衆小説であれ非大衆小説であれ、良質の小説があり粗悪な小説があるに過ぎないのだ。ただし、良質か粗悪かの「境目」は必ずしもはっきりしていない。いうまでもなく、海太郎の「三人で一人」の小説はすべて大衆＝通俗小説である。読んで面白いが、構成も内容もはちゃめちゃなのは『丹下左膳』である。この点では『大菩薩峠』に似ている。じゃあこの作品は粗悪品か？　非文学か？　そんなことはないだろう。

この問題には、海太郎自らが適切に答えている。

通俗的な作品を書くことは、非常に恥ずべきことで、今は職業なのだから仕方なしに、それをやっているが、いまに文芸的なものを一つでもいいから書き度などとは僕は思わない。／多数の読者を動かす真の生命ある作品が出来たら、それはそのまま文芸的なものの極致である筈だと思うからだ。／山の頂は常に一つなのだ。麓から登る道はいろいろあるであろう。が、そのどの登山口をとっても、上りきれば山頂の一箇所に合する。／文林の道もそれとまったく同じである。要は、途中で道に迷ったり、へたばったりしないことである／大衆文学から、文学の二字を抹殺する必要がある。なまじ文学などというから、事大的な理論や批評が出てくるのだ。(『振り返る小径』〈『〈新潮社版「一人三人全集」付録〉一人三人全集日報』所収、一九三三～三五〉)

ただし、判で押したようなステレオタイプの小説や、剽窃《ひょうせつ》と見紛うような作品は、創作＝小説(フィクション)とはいわない。この点でも、海太郎はステレオタイプや剽窃と遠かった小説家であった、と確言できる。(鷲田)

【著書】＊代表作は現在入手可能。この点で長谷川海太郎は不遇ではない

林不忘『丹下左膳　乾雲坤竜の巻』〈上・下〉(講談社文庫コレクション大衆文学館、一九九六)
牧逸馬『世界怪奇実話』(講談社文庫コレクション大衆文学館、一九九七)
谷譲次『踊る地平線』〈上・下〉(岩波文庫、一九九九)
谷譲次『テキサス無宿／キキ』(みすず書房、二〇〇三)

『牧逸馬の世界怪奇実話』島田荘司編（光文社文庫、二〇〇三）
『林不忘探偵小説選』（論創社、二〇〇七）
【収録作】〈創作篇〉（略）／〈随筆篇〉「吉例材木座芝居話」、「行文一家銘」、「著者自伝」、「作中の人物の名　その他」、「三馬の酔讃」
『牧逸馬探偵小説選』（論創社、二〇〇七）
【収録作】〈創作篇〉（略）／〈随筆・評論篇〉「米国の作家三四」、「米国作家の作に現る探偵」、「乱橋戯談」、「椿荘閑話」、「山門雨稿」、「言ひ草」、「女青鬚事件」、「実話の書方」、「振り返る小径」、「マイクロフオン」、「アンケート」

全集（参考までに目次を示す）

『一人三人全集』〈全六巻〉（河出書房新社、一九六九～一九七〇）
Ⅰ　林不忘『時代捕物　釘抜藤吉捕物覚書』
【収録作】『釘抜藤吉捕物覚書』（「のの字の刀痕」一九二五、「梅雨に咲く花」一九二六、「三つの足跡」一九二六、「槍祭夏の夜話」一九二六、「お茶漬音頭」一九二六、「巷説蒲鉾供養」一九二七、「怪談抜地獄」一九二五、「無明の夜」一九二七、「怨霊首人形」一九二七、「宇治の茶箱」一九二五、「影人形」一九三一、「悲願百両」一九三一、「宙に浮く屍骸」一九三二）／『早耳三次捕物覚書』（「霙橋辻斬夜話」一九二七、「うし紅珊瑚」一九二七、「浮世芝居女看板」一九二八、「海へ帰る女」一九三〇?）／『煩悩秘文書』（?）／『安重根』一九三一／『若き日の成吉思汗』一九三四／『稲生播磨守』一九三五／『平馬と鶯』一九二七
Ⅱ　林不忘『時代小説　丹下左膳』
【収録作】「丹下左膳　こけ猿の巻」一九三三、「丹下左膳　日光の巻」一九三四、「元禄十三年」（?）、「寛永相合傘」「口笛を吹く武士」一九三二、「あの顔」（?）、「仇討たれ戯作」一九三四
Ⅲ　谷譲次『めりけんじゃっぷ　テキサス無宿』

【収録作】『テキサス無宿』（「ヤング東郷」一九二五、「ダンナと皿」一九二五、「ジョウジ・ワシントン」一九二五、「"Sail, Ho"」一九二六、「喧嘩師ジミイ」一九二六、「靴」一九二五、「返報」〔?〕、「AMMA」一九二七、「テキサス無宿」一九二六、「肖像画」一九二七、「恋慕やつれ」一九二六、「めくらの豚」一九二六、「脱走」一九二五、「ジャップ」〔?〕、「まるう・しっぷ」一九二六、「BANANA」〔?〕、「血」〔?〕、「俎上亜米利加漫筆」〔?〕、「サム・カゴシマ」一九二五、「P・Q・D・」一九二五、「墨西哥女」一九二六、「MEN ONLY」一九二七、「二つの十字架」一九二七、「九一の夢」一九二七、「こん・げいむ」一九二五、「CHOP-SUEY」〔?〕）／『めりけんじゃっぷ商売往来』（「悲しきタキシイド」一九二七、「拒絶票蒐集病者」一九二七、「じい・ほいず」一九二七、「白い襟をした渡り鳥」一九二七、「秋は身に沁みる」一九二七、「みぞれの街」一九二七）／『もだん・でかめろん』（「デュ・デボア夫人の幽霊」一九二七、「勇敢な悪魔」一九二七、「太郎とB・V・D」一九二七、「キキ」一九二七、「腸詰と詩人」一九二七、「魔法の絨毯」一九二七、「黒い舞踏会」〔?〕、「兎の手」〔?〕、「妖婆と南瓜と黒猫の夜」一九二六、「国のない人々の国」一九二七）

Ⅳ　谷譲次『世界旅行記　踊る地平線』

【収録作】『踊る地平線』一九二八、『テムズに聴く』一九二八、『黄と白の群像』一九二八、『虹を渡る日』一九二八、『白夜行進曲』一九二八、『ノウトルダムの妖怪』一九二九、『血と砂の接吻』一九二九、『しっぷ・あほうい！』一九二九、『長靴の春』一九二九、『海のモザイク』一九二九、『めりけん一代男』『煙る市俄古』一九二八、『字で書いた漫画』一九二八、『空気になった男』一九三四、『女王蜘蛛』〔?〕、『大公爵夫人と新聞記者』〔?〕、『私刑物語』一九三四

Ⅴ　牧逸馬『世界怪奇実話　浴槽の花嫁』

【収録作】『女肉を料理する男』一九二九、『チャアリイは何処にいる』一九二九、『浴槽の花嫁』一九三〇、『海妖』一九三〇、『戦雲を駆る女怪』一九三〇、『運命のSOS』一九三一、『カラブウ内親王殿下』一九三〇、『斧を持った夫人の像』一九三二、『アリゾナの女虎』一九三二、『双面獣』一九三一、『給仕と百万弗』一九三一、

『戦争とは何だ』一九三二、『ロウモン街の自殺ホテル』一九三一、『土から手が』一九三一、『白日の幽霊』一九三一、『チャン・イ・ミヤオ博士の罪』一九三二、『街を陰る死翼』一九三二、『海底の元帥』一九三二、『S・Sベルゲンランド』一九三二、『ゴールドラッシュ艦隊』一九三三、『神変美容術師』一九三二、『親分お眠り』一九三三

Ⅵ　牧逸馬『ミステリー　七時〇三分』

【収録作】『第七の天』一九二八、『爪』一九二七、『窓の凩』〔?〕、『百日紅』一九二六、『死三題』一九二六、『民さんの恋』一九二六、『舞馬』一九二七、『赤ん坊と半鐘』〔?〕、『十二時半』一九二八、『砂』一九二七、『ちょっとした事で』一九二七、『闇は予言する』一九二九、『白仙境』一九二八、『水夫と犬』〔?〕、『碁盤池事件顛末』一九三〇、『上海された男』一九二五、『ジンから出た話』一九二六、『七二八号囚の告白』〔?〕、『呆れたものですわね』一九三二、『西洋怪異談』一九三四、『西洋狗張子』〔?〕、『神々の笑い』一九二六、『樫井君と樫井夫人』〔?〕、『都会冒険』一九二六、『七時〇三分』一九三五

久生十蘭

——探偵小説を芸術にまで高めたファーストランナー

【ひさお・じゅうらん、一九〇二（明治三十五）年四月六日～一九五七（昭和三十二）年十月六日】

　函館市元町《もとまち》生まれ。本名は阿部正雄。姉が一人いる。父は不詳とされてきたが、母の実家である廻船問屋の「番頭頭」だった小林善之助が父である。回漕業を営む祖父（あるいは伯父）に育てられる。弥生小学校から函館中学校（現函館中部高校）に入るが、三年で退学（ここまでは二年先輩の長谷川海太郎と同じである）、東京滝野川の聖学院中学校三年に編入するが、こちらも八月に中退した。一九二〇（大正九）年、長谷川海太郎のすすめで彼の父が経営する「函館新聞」に入社し、一九二八（昭和三）年まで記者生活を送る。同年、上京して岸《きし》田《だ》國士《くにお》のもとで演劇活動をはじめ、一九二九年十一月～一九三三年の間、パリに渡る。帰国後、水谷準のすすめで「新青年」に登場し、演劇・演出家と作家の二股稼業がはじまった。

　一九四〇年七月、岸田國士とともに国防文芸連盟の結成に参加。一九四三年二月から翌年二月まで海軍報道班員として南方諸島へ赴くが、一時行方不明となり生死が危ぶまれた。戦後は作家一本となり、文壇的「孤高」を貫く。一九五二年に『鈴木主水』で第二十六回直木賞を受賞、一九五五年には『母子像』で「ニューヨーク・ヘラルド・トリビューン」紙主催の第二回世界短編小説コンクール第一席を獲得する。一九五七年、食道癌のため五十五歳で死去。

『海豹島』の幻惑、『顎十郎捕物帳』の洒脱

総じて十蘭の小説は、ミステリーであろうが非ミステリーであろうが、その独特な表現描写に焼きつけられ、あるいは騙され、至極単純な筋であるのに、それを判然と辿ることが難しくなることしばしばである。『海豹島《かいひょうとう》』（「大陸」一九三九年二月号初出）はその好例である。

主人公は、樺太敷香から一三〇キロメートルの海上に浮かぶ、氷に閉ざされた絶海の小「島」に渡った樺太庁農林部水産課の男性技師で、膃肭獣《オットセイ》猟獲事業主任の一週間にわたる「滞留日誌」を本体とする回想記である。

島には六人の男がいた。オットセイを捕獲し毛皮にする施設建設のために越冬する工夫たちである。この島は「海豹《アザラシ》」ならぬオットセイの世界三大繁殖地の一つなのだ。ところが、乾燥室から火が出て五人が焼け死んだ。その処理のためにやって来た主任が、時化で島に閉じこめられてしまう。

一、ひと眼その島を見るなり、私はなんともつかぬ深い憂愁の情にとらえられた。心は重く沈み、孤独の感じがつよく胸をしめつけた。唐突な憂愁はなにによってひき起こされたのだろう。陰鬱な島の風景が心を傷ませたのだと思うほかはない。さもなくば、予感といったようなものだったのかも知れない。それは悲哀と不安と絶望にみちた、とらえどころのない情緒だった。／私は舷側に凭れ、島が幻のように消え失せたあたりを眺めていたが、精神の沈滞はいよいよ深まるばか

りで、なにをするのも懶《ものう》くなった。(『海豹島』〔『久生十蘭全集I』所収、三一書房、一九六九〕)

特に生き残った男の奇怪な風体と氷原の苛烈な寒気以外、異常で特別のことが起こるわけではない。ただ、孤島である。残された藁沓《わらぐつ》が一足多い。花 簪《かんざし》を土間に見つけた。この島にもう一人、女がいたに違いない、どこかに生存しているに違いない、存在の気配をうっすらと感じる、と確信した主任は、女を捜しはじめる。果たして女がいるのか、いたのか。いたとしたら男たちの死の意味も変わってくる。いるとしたら、どこにいるのか……。

十蘭、三十六歳である。すでに久生十蘭名のデビュー作『金狼』(「新青年」一九三六年七〜十一月号初出)を書き、初期の代表作『魔都』(「新青年」一九三七年十月〜三八年十月号初出)を連載しはじめている。舞台でも師である劇作家の岸田國士と共同演出するようになった頃だ。新劇特有の過剰な表現と場面の劇化(ドラマタイジング)は、十蘭の得意とするところであった。

同じ年、六戸部力名《むとべつとむ》で『顎十郎捕物帳』(「奇譚」一九三九年一月〜四〇年七月号初出)の連載がはじまった。剣と文芸に秀でているのはシラノ・ド・ベルジュラックと同じだが、こちらは巨鼻ではなく巨アゴである。異形なのだ。剣は錣《しころ》流居合の名手である。捕物名人といえば、半七も、銭形平次も、右門も美形である。もっとも、林不忘(長谷川海太郎)の藤吉は脚が「釘抜き」のように曲がっているから、異形の部類にはいるだろう。

「おい、ひょろ松……おい、ひょろ松……」／垢染んだ黒羽二重の袷を前下がりに着、へちまなりの図抜けて大きな顎をぶらぶらさせ、門口《かどぐち》に立ちはだかって、白痴《こけ》が物乞《ものご》いするようなしまりのない声で呼んでいるのが、顎十郎。／これが、江戸一と折紙《おりがみ》のついた南の藤波友衛を立てつづけに三、四度鼻を明かしたというのだから、まったく嘘のような話。／ちょっと類のない腑抜声《ふぬけごえ》だから、すぐその主がわかったか、奥から小走りに走りだして来たのは、北町奉行所与力筆頭、叔父森川庄兵衛の組下、神田の御用聞、蚊とんぼのひょろ松。／(中略)／「おお、阿古十郎さん……じつァ、いま、脇坂の部屋へおうかがいしようと思っていたところなんで……」(『三人目』〔『〈久生十蘭コレクション〉顎十郎捕物帳』所収、朝日文芸文庫、一九九八〕)

普段は、寝転がって昼日中から書物を繰っている顎十郎のところへ、叔父の与力殿やひょろ松がやってくる。十蘭の筆ものんびり間延び調である。顎十郎は、驚かず、騒がず、威張らず、手柄は叔父や藤波にくれてやる。この点でも顎はシラノだ。洒脱の本意は脱世俗だろう。世俗に塗《まみ》れて世俗に染まらないのである。チャイナでは戦火が拡大している。十蘭も師の岸田に従って国防文芸連盟結成に参加している。時局や世俗を超越した捕物帳を書く十蘭の気持ちの、一端を知ることができる作品だ。

十蘭のメインテーマ

戦後、十蘭は戦前の量産をやめて、推敲に推敲を重ねる鏤骨《るこつ》の作家になったといわれる(ただし、推敲に推敲を重ねたからといって、駄作が秀作に変貌するわけではない)。その結果というわけではないが、戦前に四度候補に挙げられた十蘭が『鈴木主水《もんど》』(一九五二)で直木賞を取り、『母子像』(一九五四)で世界短編小説コンクールの第一席という大きな賞をもぎ取ったと見なされている。だが十蘭の作品に、戦前と戦後で大きな変化があったのだろうか。私にはそうとは思えない。変化があっても本質的なものではない。その証拠の一つが、「鉄仮面」とのかかわりである。

江口雄輔《えぐちゆうすけ》『久生十蘭』（白水社、一九九四）によれば、フランス滞在中（一九二九〜三三）の十蘭は熱心に「鉄仮面」ゆかりの地を歩いて調べた。帰国後、ボアゴベイ原作・黒岩涙香翻案『正史実歴・鉄仮面』（一八九二〜九三）をリライトした『鉄仮面』（博文館、一九四〇）を刊行し、さらに『真説・鉄仮面』（「オール讀物」一九五四年一月〜十月号初出）も発表するなど、「鉄仮面」へのこだわりは尋常ではない、という。

六七〔引用者注・一六六七〕年の四月のはじめ、新任の城塞長官のサン＝マルスが、新婚匆々の、シュザンヌという子供のような若い美しい夫人を連れ、国王ルイ十四世の特命による、二名の秘匿囚人を護送してきたその夜から、城塞の空気はにわかに一変し、人の心をおびやかすような、険しい、陰気なものになった。／（中略）／〔引用者注・百人余いる要員のなかでたった一人盗み見することができた監視兵が瞥見した〕馬車から降りてきた極悪犯人は二十七八の若さで、王族の貫禄と優雅な挙止を身につけ、美々しいほどに贅沢な服装をしていた。のみならず、ヴェニス風の大きな天鵞絨《ビロード》の仮面をつけているので、謝肉祭の仮面舞踏会にでも出かける貴人といった趣であった。塔牢に取巻かれた索漠たる環境にはあまりに不釣合で、悪夢の中の風景のようであった。（『真説・鉄仮面』〔『久生十蘭全集Ⅴ』所収、三一書房、一九七〇〕）

しかし「鉄仮面」へのこだわりは、留仏以来ではないだろう。黒岩涙香の「鉄仮面」にこだわっているところから見ても、少年以来のものと考えた方がいい。いいたいことは、久生十蘭が低級な大衆小説から高級な純文学への転身を目指した、などということはゆめゆめないということだ。『真説・鉄仮面』は純正大衆小説である。

『海豹島』から『真説・鉄仮面』、さらには『鈴木主水』、『母子像』と、いずれの作品からも「人は仮面の奥を窺い知ることができないだけでなく、その場面その場面で違った仮面をつけて登場する他ない」という十蘭のメインテーマが知れるだろう。

文壇からの冷遇

日本探偵小説＝ミステリーの誕生以来、「娯楽か芸術か」という論争があった。

探偵小説は大衆小説に過ぎない、文学ではないのだ。文学だとしても、もっぱら大衆が読む、大衆の好みに迎合した娯楽主体の大衆文学に過ぎない。文壇のなかで、あるいは読者のなかでも、探偵小説を一段低い位置におく意見が有力であった。

江戸川乱歩の整理を繙けば、日本の探偵小説はむしろ探偵趣味においてよりも文学趣味において勝っている、と述べ、探偵小説第一主義を主張している。対して、木々高太郎《きぎたかたろう》（作家、探偵小説初の直木賞を受賞、「推理小説」という呼称を生んだ）は、探偵小説が謎や論理の興味に優れ、独創があったとしても、それが文学でなければ意味がない、と述べ、文学第一主義を主張したという。そしてこう詠嘆した。この二つが「渾然一体化するのが理想であるが、その理想実現がほとんど不可能に近いほど困難なところに問題が生ずるのである」と。

しかし、これがどれほど困難であっても、「その可能性をまったく否定するものではない。革命的天才児の出現を絶望するものではない。もし探偵小説界に一人の芭蕉の出ずるあらんか、あらゆる文学をしりえに、探偵小説が最高至上の王座につくこと、必ずしも不可能ではないからである」（『一人の芭蕉』、「ロック」一九四七年十二月号掲載）。この乱歩による、山のあなたの空遠い希求が、松本清張の登場でなんなく実現してしまったのである。『点と線』（一九五八）の登場によってだ。

確かに清張は、俳諧における「芭蕉」である。しかし、と思うことがある。探偵小説文壇は、総じて仲間内に「甘い」。つまり結束は固いが、仲間内でないものに対しては「冷淡」である。戦前の牧逸馬に対して、戦後の久生十蘭に対して、探偵小説界は乱歩をはじめ冷淡だったのではなかろうか。いや、「冷遇」に近かった。二人とも探偵小説文壇から、総じては文壇から「孤立」したゆえにである。

想えば久生十蘭が『真説・鉄仮面』を書き、『肌色の月』（未完）を書いている時期に、松本清張が登場したのである。十蘭はその初発から、「探偵小説は文学である」を実現するファーストランナーの道を歩んできた作家である。一面では、清張の「新味」によってはじき飛ばされたが、探偵小説界の無視、冷淡が、十蘭の文学活動を狭い枠に閉じこめたともいえるのではないだろうか。

函館に顔を「背けて」

函館を舞台にした小説を書いた水谷準、佐渡・函館・東京に住んだ父の思想や意見を尊重した長谷川海太郎。二人とも、「函館」とは精神的に結びついている。

一方の久生十蘭は、函館中学を三年で退学し、東京滝野川の聖学院中学三年に編入するが、半年もたたないうちに再び退学する。一九二〇（大正九）年には、海太郎の斡旋で彼の父親が経営する「函館新聞」の記者となり、同時に仲間と演劇活動に入ってゆく。結局、記者時代は八年に及んだ。基本的には、十蘭の少・青年期は函館と精神的にも肉体的にも離れがたく結びついている。この点では、海太郎や準とその距離感が異なる。

ところが一九二八（昭和三）年、十蘭は二十六歳で函館をいったん出るや、二度と函館に戻ることはなかった。二つだけいおう。

一つは、一九二九年十一月から三三年（五月より遅くはない）までにわたる丸三年半の渡仏費用は、そのすべてを函館の母親が出していた。母親の鑑《かん》は早くに離婚して、生け花の教授で生計を立てていた。しかも十蘭の渡仏費用を負担したばかりでなく、自身も三一年から三二年にかけて半年間フランスに滞在し、生け花展を開くなどしている。帰国後も、十蘭は母と同居していた。函館との肉親的、物質的つながりは、三人のうち十蘭が最も強かったといっていいだろう。

二つに、函館を出た後の十蘭には、足を踏み入れる障害となるような特別な理由があったわけではない。いってみれば、十蘭は函館を「食べ尽くした」のではないだろうか。海太郎や準にはそれがなかった。ところが、次のような証言がある。

十蘭は渡仏前年、演劇を勉強するため岸田國士をたよって上京し、その後、一度も故郷の土を踏むことはありませんでした。その理由を友人の常野知哉が同人誌「海峡」第七十一号（久生十蘭追悼特輯号、一九六〇年十一月発行）「『生社』時代のエピソード」で、こう書いています。

（前略）往年、阿部自身が先輩〔引用者注・長谷川海太郎のこと〕同様、文名を得て同じく鎌倉の材木座に、立派な邸宅を構えたが、その頃僕は函館新聞に関係して居たので、何とかして、此の有名な久生十蘭事、阿部正雄を、函新主催で、招待し、晴れの錦衣帰郷と言うやつをやらせようとして彼に相談した事があった。喜んで来てくれるだらうと思って返事を待って居たが、返事は意外にも辞退して来た。／曰く、俺は、昔の仲間に会って一杯やりたいが函館の、空を想うと、何か恐ろしくて帰る気持になれないんだ。お前も知って居る通り、函館では、俺は余りにも、女出入りが多過ぎた。お前の新聞社が講演会なるものを、何処かで、晴々しくやってくれる事だらう、そして其の昔、酒を呑んでは大道に寝つぶれて居た事もある、若き日の新聞記者が、今では作家としての虚名を博し取りすました顔で厳しい演題で一段とお高いところから、講演なるものをやって居るとそのとたんに、お父ちゃんだッと、二三人の男の子、女の子が飛出して来る。／楽屋に、もう、名も忘れた、何処の誰とも知らぬ、女性が、飛び込んで来る。この光景を考えると、俺は遂に死ぬ迄、函館には、帰り度くても帰れないんだ、悪友よ、俺の我がまゝをゆるせ。／と言うのだった。何人かの女出入りの後始末をさせられた僕として、これ以上、強要する勇気は無かった。そして遂に一度函館を去った彼は、死ぬ迄帰函しなかった。（後略）（久生十蘭オフィシャルサイト準備委員会「久生十蘭の仕事部屋から（四十七）」、二〇〇八年三月九日）

しかし、そうだろうか。十蘭の返事は、いわゆる「拒否」の婉曲的常套句の類だろう。女出入りを咎められて尻込みするような「嘘つき」十蘭でもあるまい。彼はまだまだ「日本」を、フランスを、アメリカを、さらに広い世界を作品という形で食い尽くさなければならない。そういう自分の「おも

い」を、直截に語るのは十蘭のスタイルではない。「函館には帰らない」が、その消極的表出であったとみたい。（鷲田）

【著書】＊代表作は文庫で読むことができる。久生十蘭は決して不遇な作家ではない

「久生十蘭傑作選」（現代教養文庫、一九七六〜七七）

〈一巻〉『魔都』／【収録作】「魔都」一九三八

〈二巻〉『黄金遁走曲』／【収録作】「ノンシャラン道中記」一九三四、「黄金遁走曲」一九三五、「花束町一番地」一九三八、「モンテカルロの下着」一九三八

〈三巻〉『地底獣国』／【収録作】「地底獣国」一九三九、「黒い手帳」一九三七、「海豹島」一九三九、「墓地展望亭」一九三九、「カイゼルの白書」一九三九、「犂氏の友情」一九三九、「月光と硫酸」一九四〇、「レカミエー夫人」一九四〇

〈四巻〉『昆虫図』／【収録作】「生霊」一九三八、「南部の鼻曲り」一九四六、「ハムレット」一九四六、「予言」一九四七、「復活祭」一九四九、「春雪」一九四九、「野萩」一九四八、「西林図」一九四七、「姦」一九五一、「母子像」一九五四、「春の山」一九五六、「虹の橋」一九五六、「雪間」一九五七、「昆虫図」一九三九、「水草」一九四七、「骨仏」一九四八

〈五巻〉『無月物語』／【収録作】「遺米日記」一九四二、「犬」一九四三、「亜墨利加討」一九四三、「湖畔」一九三七、「無月物語」一九五〇、「鈴木主水」一九五一、「玉取物語」一九五一、「うすゆき抄」一九五二、「無惨やな」一九五六、「奥の海」一九五六

朝日文芸文庫

『十字街』（一九九四）／【収録作】「十字街」一九五二

『魔都』（一九九五）／【収録作】「魔都」

『平賀源内捕物帳』（一九九六）

【収録作】「萩寺の女」、「牡丹亭」、「稲妻草紙」、「象の腹」（「山王祭の大象」）、「長崎物語」（「長崎ものがたり」）、「風見鶏」、「三人姉妹」、「預り姫」以上すべて一九四〇

『顎十郎捕物帳』（一九九八）

その他

『〈日本探偵小説全集八〉久生十蘭集』（創元推理文庫、一九八六）

【収録作】「湖畔」、「顎十郎捕物帳」、「昆虫図」、「平賀源内捕物帳」、「ハムレット」、「水草」、「骨仏」

『〈怪奇探偵小説傑作選三〉久生十蘭集―ハムレット』日下三蔵編（ちくま文庫、二〇〇一）

【収録作】「黒い手帳」、「湖畔」、「月光と硫酸」、「海豹島」、「墓地展望亭」、「地底獣国」、「昆虫図」、「水草」、「骨仏」、「予言」、「母子像」、「虹の橋」、「ハムレット」、「刺客」

『湖畔・ハムレット〈久生十蘭作品集〉』（講談社文芸文庫、二〇〇五）

【収録作】「湖畔」、「ハムレット」、「玉取物語」、「鈴木主水」、「母子像」、「奥の海」、「呂宋の壺」

『紀ノ上一族』（沖積舎、一九九〇）

【収録作】「紀ノ上一族」一九四三

『真説・鉄仮面』（講談社文庫コレクション大衆文学館、一九九七）

【収録作】「真説・鉄仮面」一九五四

『久生十蘭「従軍日記」』（講談社、二〇〇七）

＊『久生十蘭全集』〈全七巻〉（三一書房、一九六九～七〇）については、特に掲載作品を挙げなかった

＊＊二〇〇八年十月十日、『定本　久生十蘭全集』〈全十一巻〉（国書刊行会）の第一巻が発刊された（二〇〇九年四月までに第二～三巻を刊行）。三一書房版の約二倍の収録量になるという。快挙である。

II　ミステリーを切り開く

松本恵子
渡辺啓助
渡辺 温
地味井平造

松本恵子
――日本初の女性探偵作家

【まつもと・けいこ、一八九一（明治二十四）年一月八日～一九七六（昭和五十一）年十一月七日】

函館市生まれ。父は札幌農学校一期生で北海道水産界の先覚者・伊藤一隆《かずたか》。青山女学院英文専門科卒業後、一九一六（大正五）年にロンドンへ遊学し、そこで三田文学に小説を発表していた慶應大学出身の松本泰と出会い結婚。一九一九年に帰国後、二人で東中野の谷戸《やと》に十数戸の文化住宅を建設し、貸家業をはじめる。一九二三年、泰が興した奎運社《けいうんしゃ》から「秘密探偵雑誌」を発行し、恵子はペンネーム中野圭介《なかのけいすけ》の名義で初の推理小説『皮剝獄門』を発表。その後も、中島三郎、松本恵子などの名義で小説や犯罪実話、随筆、翻訳などを発表した。晩年は児童書の翻訳活動が認められ、一九七四（昭和四十九）年に第十六回日本児童文芸家協会児童文化功労賞受賞。天文学者の野尻抱影とその弟で作家の大佛次郎は、義理の従兄弟にあたる。

女性探偵作家の夜明け

日本における女性探偵作家の先駆けとされる人物は二人いた。一人は、一九〇三（明治三十六）年生まれの一条栄子《いちじょうえいこ》で、乱歩主宰の「探偵小説趣味の会」に参加し、一九二五（大正十四）年、女性推理作家バロネス・オルツィの名をもじった小流智尼《おるちに》名義で、同会機関紙の「映画と探偵」に『丘の家』を書いてデビューした。もう一人は、一八八六年生まれの物集《もずめ》芳子こと大倉燁子《おおくらてるこ》だ。四十歳を過ぎてから探偵小説に興味を覚え、森下雨村の門戸を叩いた。デビューは一九三四（昭和九）年、「オール讀物」掲載の『妖影』で、七十歳を越えてもなお創作活動を続けた。

小流智尼も大倉燁子も、「新青年」懐古ブームなどから、近年その存在がクローズアップされたが、さらなる調査が進んだ結果、彼女たち以前に探偵小説を書いていた女性作家の存在が判明した。それが、松本恵子なのである。

一九一六（大正五）年に青山女学院英文専門科を卒業した恵子は、イギリスへ遊学。ロンドン滞在中も、日本の雑誌にイギリス体験記を発表するなど、すでに文才を発揮していたが、帰国後、夫の泰が「秘密探偵雑誌」を刊行したことで、彼女の才能は一気に開花する。恵子が中野圭介名義で初の探偵小説『皮剝獄門《かわむきごくもん》』を発表したのは、一九二三年のことである。

実はこの年、江戸川乱歩が『二銭銅貨』でデビューしている。今でこそ忘れられた存在の彼女だが、日本の探偵小説の黎明期を飾った、乱歩と並ぶ作家の一人に数えてよいのだ。

しかし、その後の恵子は、探偵小説家というよりは、むしろ翻訳家としての仕事に重点を置くようになってゆく。「谷戸の文化村」の経営不振と夫の出版業でできた借金返済のために、「せっせと連載ものを翻訳したり、少女雑誌に書いたりして原稿料を得」る必要があったからである（なお、「谷戸の文化村」には長谷川海太郎・潾二郎兄弟も住み、長谷川泰子を中原中也から奪った小林秀雄が、泰子とともに住んでいたこともある）。

文芸評論家の横井司は、「恵子自身、それほど探偵小説に執着していなかったのかもしれない」と推測し、「夫が専門誌を始めたことから、たまたま書かれたのであって、その意味では（中略）、偶然の産物に過ぎない」（『松本恵子探偵小説選』、論創社、二〇〇四）としている。しかし、理由はどうあれ、乱歩の出現と同時期に恵子が推理小説を書いていたことは事実であり、その功績は日本探偵小説史の前列にしっかりと記されるべきだろう。

欧米文化と親しんだ幼少期

では、恵子の探偵小説を含む欧米文学への志向は、どのように培われたのであろうか。

一つは、育った場所が因習から切り離された北海道であったことにある。もう一つは、北海道庁初代水産課長を務めた父・伊藤一隆が、札幌農学校の第一期生としてクラーク博士から直接薫陶を受けた人物であったことが大きい。

敬虔なクリスチャンの一隆は、日曜ごとに教会へ出向き、師から徹底的に仕込まれた西洋的価値観と文化のなかで、恵子ら子どもたちを育てた。一隆の後輩にあたる内村鑑三や新渡戸稲造とも、家族ぐるみのつきあいをしていた。明治期にして欧米の文化と密接した環境にあったことが、女性探偵小説家第一号の誕生する背景にあったことは、明記しておく必要がある。

さて、肝心の作品だが、作家活動が短かったこともあり、その数は少なく短編しかない。さらに、当時は男性名義（中島三郎・中野圭介）で書いていたことから、その存在が長く埋もれたままになっていたようだ。デビュー作『皮剝獄門』は、大店《おおだな》の隠居殺し事件の大岡政談である。処女作が時代小説だったことにも驚かされるが、裏の裏をかくトリックは、海外ミステリーを数多く読んだ彼女の引き出しの豊富さを感じさせる。とはいえ、彼女自身は本格推理小説よりも、諧謔と毒を同時に盛り込んだ洒脱な作風を好んだようだ。本格ものにどこか物足りなさを感じるのはそのためかもしれないが、それ故に軽快でリズムのある文体となって表れているともいえる。

最後に、そんな彼女の嗜好がよく表れている短編『白い手』（「探偵文藝」一九二五年五月号初出）から、その一文を引用する。あらすじは、こうだ。ニューヨークの地下鉄を荒らす有名なスリ・地下鉄サムが、東京の地下鉄に現れる。石川探偵が捜査に乗り出すが、なんと盗まれたサイフが鉄橋から降ってくるというのだ。地下鉄サムの目的は何か、そしてその正体とは……。

「旦那様、ここでございますよ」／とあたかも我が家へ戻ったような、くつろいだ調子で言った。／見上げる鉄橋の上を、上り下りの省線電車がほとんどひっきりなしに、すさまじい音をたてて通ってゆく。／「旦那様、もうじきに降ってまいりますよ」／と言いながら、乞食はペッタリと地面《じべた》に座ったが、彼のいうように蟇口《がまぐち》はたやすく降ってこなかった。石川探偵はガードから数間《けん》離れた街路樹の下に立って、熱心に空を仰いでいた。しかし、彼の視線は三十五度の角度に注がれていた。そこには今しも明るい窓を並べた省線電車が走ってゆく。と、最後車《さいこうしゃ》の窓から真っ白な手がヌッと出た。石川探偵がハッと思った瞬間、／「ホーレ、旦那様」／と乞食は叫びながら、蜘蛛《くも》のように地面を這い回ったが、やがて両手に数個の蟇口を摑んでムックリと起き上がった。（『白い手』〔『松本恵子探偵小説選』所収、論創社、二〇〇四〕）

（井上）

【著作】

『〈論創ミステリ叢書七〉松本恵子探偵小説選』（論創社、二〇〇四）

『妖異百物語　第二夜』鮎川哲也・芦辺拓編（出版芸術社、一九九七）／【収録作】「子供の日記」

『「探偵文藝」傑作選〈幻の探偵雑誌五〉』ミステリー文学資料館編（光文社文庫、二〇〇一）／【収録作】「万年筆の由来」（中野圭介名義）

参考文献

松本恵子『豊平川』（「彷書月刊」一九八八～八九年初出の遺稿、未単行本化）

渡辺啓助

——探偵小説の黎明期を生きた長寿作家

【わたなべ・けいすけ、一九〇一（明治三十四）年一月十日〜二〇〇二（平成十四）年一月十九日】

秋田県秋田市生まれ。生年は一九〇〇年とも。本名は渡辺圭介。父・伊太郎（セメント会社技師）、母・常《ツネ》（元小学校教員）の間に次男として誕生。生後間もなく、父の転勤で道南の上磯《かみいそ》郡谷好《たによし》村（現北斗市谷好）へ転居。その冬、熱湯を浴びて顔に大火傷を負い、翌年、弟・温が生まれている。父は仕事柄転勤が多く、その後は東京都、茨城県と転居を繰り返し、一九一三（大正二）年に水戸中学校（現水戸高校）へ入学。その後、青山学院高等部に入学する。一九二五年、群馬県渋川中学校（現渋川高校）へ英語教師として赴任するが、翌年、教師を辞めて九州帝国大学法学部史学科に入学。一九二九（昭和四）年に、「新青年」の編集者だった弟・温のすすめで、同誌に岡田時彦《おかだときひこ》名義で『偽眼《いれめ》のマドンナ』を執筆。同年、『ポー・ホフマン集』（改造社）の刊行に際し、乱歩の代役として温とともにポーの小説を翻訳した。

一九三〇年、温が事故で死去。同年四月から、福岡県の八女《やつめ》中学校（現八女高校）の歴史教師となる（教え子に作家の中薗英助《なかぞのえいすけ》、小島直記《こじまなおき》がいた）。一九三六年、茨城県の女学校に転任するが、「新青年」の編集長だった水谷準に促され、翌年一月から同誌に短編の連載をはじめ、専業作家としての生活をスタートさせる。その後、『密林の医師』と『オルドスの鷹』（ともに一九四二）、『西北撮影隊』（一九四三、後に『洞窟の女学生』に改題）が直木賞候補となる。一九六〇年、日本探偵作家クラブ（現日本推理作家協会）の第四代会長に就任。晩年は、文芸サークル「鴉の会」を主宰し、鴉の絵を描いたり、詩作に親しむなどした。

作家の道に導いた二つの悲しみ

作家稼業は苛酷である。しかも、大正、昭和は激動の時代だ。同時代の作家の多くは、貧窮、あるいは創造力の枯渇か筆力の衰えゆえに、この世界から離脱した。残った作家の前にも、戦争、生活苦、病気、酒、女、薬、創作の苦悩など、さまざまな落とし穴が待ち受けていた。死神に足をすくわれた作家は少なくない。

そんななか、七十歳を越えて生きた乱歩や正史、山田風太郎は、幸運かつ稀有な作家といえる。だが、渡辺啓助には及ばない。仮に、一九二二（大正十一）年生まれの風太郎が健在だったとして、平成版『人間臨終図鑑』を書いたならば、日露戦争の三年前に生まれ、百一歳の天寿をまっとうした啓助を、必ずや付け加えたに違いない。

しかし、渡辺啓助が作家となるまでには、皮肉にも二つの不幸を乗り越える必要があった。というよりも、その不幸こそが彼を作家の道へ導いたのだ。

一つは、生まれて間もない啓助を襲った顔面の火傷である。北海道に移住した年の冬のことで、熱湯を浴びた幼い啓助の片耳は癒着し、顔面半分がケロイド状になるという凄まじいものだった。幸い、十代半ばに受けた整形手術によって傷跡は目立たなくなったというが、少年期の啓助にとって、その傷は表面だけではなく心の内奥に深く侵食した。

外出することを嫌った自閉気味の啓助が、読書に傾倒してゆくのはある意味必然であった。火傷という負の要因が、ミステリーという幾分ねじれた世界を創造するのに不可欠な、屈折と感傷を彼に与えたともいえる。そうした意味で、啓助にとっての北海道は人生を決定づける運命の地だった。

そんな孤独な少年にとって、唯一の遊び仲間であり話し相手だったのが、一歳年下の弟・温である。温は啓助が書く詩や小説に刺激を受け、作品を書きはじめるやシナリオコンテストに入賞、「新青年」の若手作家として一足早くデビューを果たす。同じ頃、啓助は中学教師を一年で辞し、九州帝国大学の学生となっていた。その後、温のすすめで「新青年」に、人気俳優だった岡田時彦名義で『偽眼《いれめ》のマドンナ』(一九二九)を発表して話題を呼ぶ。啓助の処女作である。

物語は、公園のベンチで古びたフランス綴の本を読んでいた若い男に、ある紳士が、「昨晩、女を殺してしまった……」と告白するところからはじまる。

私は、此処まで来ると、もう我慢が出来なくなって、いきなりガバッと彼女の背後から飛びかかったのです。女は小さな叫びを一寸たてたきり、それなりぐったりと私の胸に仆《たお》れ落ちて来ました。カンテラの明るみが、彼女の蒼白な顔をおぼろげに照し出しました。/右の眼は静かに閉ざされ、左のマドモワゼル・マッテオの偽眼だけが、相変らず、大きく瞠《みは》られたまま、深々と夜気を吸って真実生きている者の様に、穏かな底光りを見せているのでした。/「――この眼だ。この眼だ。これこそ、あんなにも俺の探し求めていたマドンナの片目だ」/私は見つめれば、見つめる程、いよいよ抑え難い愛着が潮のように昂まって来るのを感じました。そうして、恐ろしいことに、どうにかして、この偽眼を一度、自分の手掌《たなごころ》の上に載せて、しみじみと愛撫してみたいという慾望がだんだんと激しくなって来るのでした。(『偽眼のマドンナ』〔『〈怪奇探偵小説名作選二〉渡辺啓助集　地獄横丁』所収、ちくま文庫、二〇〇二〕)

ニセの眼球に愛着を持つ男のグロテスクな感情が、鬼気迫る描写で描かれている。後に、「薔薇と悪魔の詩人」の異名をとるようになる啓助独特のモダンで退廃的な作風が、処女作にしてすでに垣間見られるが、当時の啓助は、まだ作家になる意志はなかったようだ。

弟・温の存在

人生のレールを大きく変えたのは、二つ目の「不幸」、弟・温の死だった。

啓助が大学卒業を控えた一九三〇(昭和五)年二月、温が交通事故(詳細は渡辺温の項を参照)で亡くなる。啓助にとって温は、兄弟の関係を越えた人生の理解者であり、創作活動のライバルでもあった。葬儀の時、初対面の横溝正史と抱き合って泣いたというエピソードが残っている。

その後、教師生活の合間に、啓助は「新青年」に何本か短編を発表していたが、半年間の読み切り短編の連載が決まり、専業作家となる決意が固まった。この連載は当時、「新青年」の「虎の穴」的企画で、最後まで書き通せなければレギュラー執筆者になれなかったという。

啓助にそのチャンスを与えたのは、編集長の水谷準である。彼は、「温追悼の義理立てのためでなく、啓助自身の表現活動のための執筆を促し、寡作になりがちの啓助を叱咤激励」(『渡辺啓助100』)したとされる。さらに、偽名で発表した『偽眼のマドンナ』を、乱歩に啓助の作と看破されたことも、大きな自信につながった。「わたしは昔から渡辺小説のエスプリをこよなく愛している」（『日本探偵小説事典』）、――乱歩の言葉である。

啓助は「新青年」を中心に小説を発表するが、戦時中に内蒙古へ従軍記者として派遣された経験から、大陸や秘境を舞台にした空想冒険小説も多く残した。略歴で紹介した直木賞候補作は、いずれもこの時期の作品である。

戦後も旺盛な創作活動を続け、推理小説、伝奇小説、猟奇小説等々、多彩な作風を誇ったが、いずれも中・短編が多い。最晩年は、詩作と鴉《からす》の絵を描くことに執着した。九十歳になって随想録『鴉白書』を刊行、それを機に自伝的な色彩の濃い幻想小説『鴉の血と鴉の黒』を書き下ろす。「薔薇と悪魔の詩人」らしい啓助の傑作であり、そこに創造力の枯渇は微塵も感じられない。（井上）

【著作】 **＊ほとんどが絶版状態で、古書で高値が付いているものも少なくない**

『鴉白書』（東京創元社、一九九一）
『聖悪魔〈探偵クラブ〉』（国書刊行会、一九九二）
『ネメクモア』（東京創元社、二〇〇一）
『〈怪奇探偵小説名作選二〉渡辺啓助集　地獄横丁』日下三蔵編（ちくま文庫、二〇〇二）
『新青年傑作選怪奇編　ひとりで夜読むな』（角川ホラー文庫、二〇〇一）／**【収録作】**「聖悪魔」
『〈日本探偵小説全集十一〉名作集1』（創元推理文庫、一九九六）／**【収録作】**「偽眼のマドンナ」、「決闘記」

参考文献

新青年研究会編『渡辺啓助100〈「新青年」趣味別冊〉』（「新青年」研究会、二〇〇一）

渡辺 温

――横溝正史とコンビを組んだ、夭折のモダンボーイ

【わたなべ・おん、一九〇二（明治三十五）年八月二十六日～一九三〇（昭和五）年二月十日】

上磯郡谷好村（現北斗市谷好）生まれ。本名は「ゆたか」と読むが、周囲からは「オンちゃん」の愛称で呼ばれた。一歳年長の兄は前項の渡辺啓助である。父親の転勤で東京、茨城に転居し、一九一五（大正四）年、兄に続いて水戸中学校（現水戸高校）に入学。この頃から、啓助の影響で創作活動をはじめる。慶應大学高等部に入学後の一九二四年、プラトン社の映画筋書懸賞に短編『影』を応募し、一等に入選。選者は小山内《おさない》薫《かおる》、谷崎潤一郎であった。

大学卒業後の一九二七（昭和二）年、横溝正史のすすめで博文館に入社し、横溝が編集長となった「新青年」の編集に携わる。この時期から創作活動も活発化し、同誌を含む数誌に短篇を発表。一年後に博文館を退社するが、横溝の要請で再入社し、映画への造詣も深かったことから、自ら企画した映画俳優との座談会の連載が好評を呼ぶ。編集者として好調を極めた一九三〇年二月九日、原稿依頼のために神戸の谷崎潤一郎邸を訪れた帰途（翌十日）、乗っていたタクシーが踏み切りで貨物列車と衝突し、他界した。二十七歳の若さだった。

「新青年」に生き、「新青年」に散る

本格的な探偵小説雑誌を目指した博文館の「新青年」が、モダンで都会的な雰囲気の誌面に変貌を遂げたのは、横溝正史が編集長に就いた一九二七（昭和二）年からのことである。そして、この時代の横溝を語る時に欠かすことのできない存在が、渡辺温だ。

中学校時代から外国雑誌を読み漁るような青年だった横溝は、乱歩に見出されて森下雨村率いる「新青年」編集部に入った。その三カ月後には二代目編集長に就任するが、この時、横溝が相棒に選んだのが、共通の友人を介して知己となった渡辺温と、「新青年」に出入りしていた早稲田大学仏文科の学生・水谷準である。

温と横溝は同じ年だが、横溝は編集長という責務もあってか、老舗然とした博文館の雰囲気に溶け込む社会性を持ち合わせた青年であった。一方の温は、腺病質な美少年といった感じで至ってマイペースであり、探偵ポアロを思わせるシルクの山高帽を被り、モーニングを着て出社するような一種独特な青年だった。

そんな二人を間近に見ていた水谷準は、「横溝とわたしは編集者としての通俗性を持ちあわせていたが、オンチャンはあくまで作家的偏向性があった」（『記憶の断層』〔『アンドロギュノスの裔《ちすじ》』所収、薔薇十字社、一九七〇〕）と後に述べている。しかし、想像してみるに、温の異質さと斬新さこそが「新青年」の目指したモダニズム志向であり、彼はその体現者として、周囲に眩しく映っていたのではなかろうか。

横溝は、「〔引用者注・温が〕最上級の正装で出社しはじめても、私はただニヤニヤしながら、この子供のように純粋な魂をもった人物を見守っていた」（『惜春賦―渡辺温君の思い出』〔『探偵小説五十年』所収、講談

社、一九七二）と、この頃の心情を吐露する。

ところが翌年、横溝が「文芸倶楽部」編集部へ異動となり、新編集長に延原謙《のぶはらけん》が就任したため、温は博文館を退社する。温が再び「新青年」に戻るのは、一九二九年、水谷準が編集長に昇格した際だ。この時、水谷に温の再入社を懇請したのも横溝であった。

横溝が温のために、それほどまで尽力した理由は、彼の才能を高く評価していたことはもちろんだが、その人柄に拠るところも大きい。「いまや七十年になんなんとする私の長い生涯をふりかえってみて、温ちゃんとふたりで「新青年」をやっていたあの時代が、私にとっていちばん楽しい時期であった」（『惜春賦』）と横溝は述懐している。

当時、「新青年」は、谷崎潤一郎に寄稿してもらうことを長年の悲願としていた。かつて、プラトン社の懸賞に入選した際、谷崎が選者だったという縁もある温は、なんとしても自分が谷崎から執筆の承諾を得ようと、意気込んで谷崎邸を訪問する。そして、ようやく寄稿の約束を取り付け、谷崎邸を辞したその深夜、運命の事故は起きた。乗っていたタクシーが、阪急線西宮市夙川《しゅくがわ》の踏み切りで貨物列車と衝突したのだ。車内には、運転手、助手、楢原なる映画関係者の計四名が同乗していたが、温だけが不帰の人となった。復帰からわずか一年余のことである。

事故後、谷崎は「新青年」に追悼随筆『春寒』を寄稿し、後に『武州公秘話』の連載を始めた。

愛すべき人柄と惜しまれた才能

温の突然の死は、「新青年」のみならず多くの作家たちにも衝撃を与えた。水谷は、谷崎の『武州公秘話』の価値を認めながらも、「オンチャンの死によって得た代償としては、むしろ小さすぎる」（『記憶の断層』）と慟哭にも似た感想を漏らしている。

また乱歩も、「名作「可哀相な姉」を頂点として、絶筆「兵隊の死」に至るまで、愛読措《お》かず、及び難い」（『江戸川乱歩日本探偵小説事典』、河出書房新社、一九九六）と死してなお、賛辞を惜しまなかった。

ここでは、乱歩も絶賛した温の作品『可哀相な姉』（「新青年」一九二七年十月号初出）の一部を紹介する。物語は、「すたれた場末の、たった一間《ひとま》しかない狭い家」に住む、口のきけない姉と弟との戦慄すべき関係を描く。


夕方になると、夕風の吹いてゐる街路へ、姉は唇と頬とを真っ赤に染めて、草花の空籠を風呂敷に包んで、病み衰へた体を引きづつて出かけた。／私は窓から、甃石《しきいし》道を遠ざかつて行く姉の幽霊のやうに哀れな後姿を、角を曲つてしまふ迄《まで》見送つた。／たそがれの空は、古びた絵のやうに重々しく静かに、並木の上に横《よこたわ》つてゐた。（『可哀相な姉』（『〈叢書新青年〉渡辺温』所収、博文館新社、一九九二））

しかし少年は成長し、いつしか姉の花売り商売に疑問を持つようになる。或る晩、彼女を尾行し、そこで事件が起こる――。この引用した一文をもって、「もし、あらゆる小説の中から、一番美しい文章を一つ選べと言われたら、私はほとんどためらいなく、このフレーズを挙げるだろう」と述べたのは、耽美的小説を晩年に多作した演出家の久世光彦であった。

都心の夜の喧騒と暗く湿った部屋を対比させ、姉と弟の狂気をグロテスクに描いてゆくこの物語。

ラストの衝撃は、読んでのお楽しみである。

夭折した作家は伝説になりやすい。しかし、それ以上に温を追悼する作家たちの言葉は感傷的だ。横溝は、「温ちゃんの死は同時に私の青春の日の終焉を意味していた」と言い切り、サトウハチローは「天国へ自動車で来いと　どの神様が　温ちゃんに言ったのだ」と憤る。葬儀においても通夜を横溝宅で、葬儀を森下雨村宅で行うという異例の扱いだった。

渡辺温は非凡な作品を遺すと同時に、あの時代の「熱」を象徴する存在として、彼が残した仲間たちによって長く愛され続けた。

（井上）

【著書】＊ほとんどは絶版状態だが、古書でなら比較的入手しやすい
『アンドロギュノスの裔』（薔薇十字社、一九七〇）
『〈叢書新青年〉渡辺温　嘘吐き（ラ・メデタ）の彗星』（博文館新社、一九九二）

アンソロジー
『短篇礼讃』大川渉編（ちくま文庫、二〇〇六）／【収録作】「可哀相な姉」
『〈日本探偵小説全集十一〉名作集1』（創元推理文庫、一九九六）／【収録作】「父を失う話」、「可哀相な姉」、「兵隊の死」
『新青年傑作選怪奇編　ひとりで夜読むな』（角川ホラー文庫、二〇〇一）／【収録作】「可哀相な姉」

参考文献
山下武『「新青年」をめぐる作家たち』（筑摩書房、一九九六）
森下時男『探偵小説の父　森下雨村』（文源庫、二〇〇七）

地味井平造

——芸術に遊んだ画家の手遊《てすさ》び

【じみい・へいぞう、一九〇四（明治三十七）年一月七日～一九八八（昭和六十三）年一月二十八日】

函館市生まれ。本名は長谷川濬二郎。長谷川海太郎の四歳下の弟にあたる。地味井平造というペンネームは、「ジミー」が海太郎につけられた愛称、「ヘイゾウ」はアメリカで海太郎が姓の長谷川をヘイズと読ませたことにちなむ。函館中学校（現函館中部高校）を卒業後、一九二四（大正十三）年に東京の画学校に入学するが、数カ月で退学し独学で絵画を描き続けた。上京後間もなく、函館時代からの友人で早稲田大学の学生だった水谷準と共同生活をはじめるが、同年、海太郎が帰国すると、松本泰・恵子夫妻が経営する谷戸の文化村に兄弟で移り住む。

二十歳で書いた短編『煙突奇談』が、雑誌「探偵趣味」を任されていた水谷により、地味井平造名義で同誌一九二六年六月号に掲載され評判となる。以降も、『二人の会話』（同年八月号）、『X氏と或る紳士』（同年十一月号）を同誌に発表した。「新青年」デビューは、翌一九二七年四月号掲載の『魔』だが、以後は小説を発表せず、再び短編（『顔』）が掲載されたのは十二年後の一九三九（昭和十四）年のことだった。この時も、後押ししたのは水谷である。その後、同誌に『不思議な庭園』、『水色の目の女』を発表するが、あくまでも絵が本業で、小説は「遊戯」という姿勢を崩さなかった。一九四八年に「婦人公論」で詩『化粧』を発表したのを最後に、地味井平造の名は読者の前から消えた。

埋もれた存在

忘れられていた地味井平造の名が再び世に現れたのは、一九七五（昭和五十）年のことであった。埋もれた名作の復刻を目指して発刊された探偵雑誌「幻影城」で、作家の鮎川哲也が幻の探偵作家を訪ね歩くという連載が企画され、その第一回目に地味井平造が選ばれたのだ。同時に、未発表作『人攫《さら》い』も掲載されている。

連載では、鮎川が地味井の自宅を訪れた際、親族と思われる男性の前で「物故作家の地味井氏につきまして……」と切り出したところ、その男性こそが地味井本人だったという失敗談を披露している。それほど彼は、探偵小説界から遠い存在になっていた。

一方、画家としての長谷川潾二郎はどうだったのか。絵が注目されはじめたのは、一九六〇年代も後半に入ってからのことで、評論家で画商の洲之内《すのうち》徹《とおる》の力添えによるところが大きい。彼は偶然、古道具屋の薄暗い壁に掛かっていた薔薇の絵を見つけ、隅に書かれたサインから潾二郎を探しあてた。

ところが、潾二郎は猫の髭一本書くだけでも、猫が同じポーズをするまで何年も待つという描き方をする。洲之内はそれを根気強く待ち、時には潾二郎に断って、未完のまま放ってあるキャンバスから完成部分だけを切り取ることまでしている。それほど、彼の絵に魅せられていたのだ。

潾二郎の絵への執着を物語るエピソードがある。一九二一（大正十）年、彼が十七歳の時のことだ。函館で死者二千人を超す大火が発生し、彼の実家も全焼した。この火災の真っ只中、彼は函館山に登り、眼下に燃える町を写生していたというのだ。この逸話を「芥川龍之介「地獄変」のむこうをはるような」と形容したのは、長谷川一家の評伝『彼等の昭和』（白水社、一九九四）の著者川崎賢子《かわさきけんこ》だが、彼女はさらに「長谷川家の次男、潾二郎の辞書に、経済的自立なぞという俗語はなかった」とも書いている。

長谷川家の父は、函館の新聞社で主筆として辣腕を振った人物で、潾二郎は、その父が一九三九年に建てた杉並区のアトリエ付き一軒家に終生住み続けた。川崎の評論には、莫大な財を築いた兄・海太郎が、弟一家の生活費を負担したとも書かれている。しかし、そんな兄が夭折した後も、潾二郎が安定した職に就いた形跡はない。

洲之内が絵を見つけた時、すでに潾二郎は六十歳を過ぎていた。彼の場合、小説も絵画も共に人生の半ば過ぎてから、ようやく第三者の手によって光が当てられた。それまでの決して短くない半生を、彼がどのように暮らしていたかを想像する時、彼の残した小説や絵画のように、それはどこか非現実的なのである。

乱歩が鮎川が讃えた才能

前出「幻影城」の取材で、鮎川が杉並にある地味井の自宅を訪ねたのは、一九七五(昭和五十)年の三月のことだった。潾二郎、七十一歳の時である。指定された時刻は午後四時、西日がさす頃だ。「東京にこのような処があるのかと思うほど静か」な、「騒音一つ聞こえない」室内で、「夫人の手製になる干しブドウのケーキをご馳走になりながら」インタビューを行ったと回想している。

大火を嬉々として描く少年、古道具屋の薔薇の絵、描かれない猫の髭、さらにアトリエのある浮世離れした閑静な自宅——潾二郎の周囲には、どこか白日夢めいた世界が漂っている。そして、その幻想的感覚こそが、地味井平造の作品世界に共通する魅力でもある。

夕食後、父親は食堂兼居間の一隅で、安楽椅子に腰かけて新聞を読んでいた。すると、陽子が近よって来て、父親の耳元で、（オゾってこわいわよ）と囁いた。
（前略）恐る恐る周囲を見渡した。その時、背広服の林の奥に一つの目が現れ、じっと陽子を見つめているのに気がついた。彼女はハッとした。オゾの目だ。予感が的中して、いよいよオゾが現れたのだ。（『人攫い』〔『甦る「幻影城」II』所収、角川書店、一九九七〕）

この短編『人攫い』は、学校伝説をモチーフに、少女が体験した未知なるものへの恐怖を幻想的に描いた掌編である。「オゾ」というのは、小学校二年生の陽子がクラスで噂になっている人攫いにつけた名前だ。オゾ――この音を発するだけで、得体の知れない不気味な影が背後から忍びよってくる感覚に陥りはしまいか。

私はうつらうつらとして、窓外のウルサ・ミノルの星を眺め、夢の中のように彼の長話を聞いて居た。暫くしても彼は話を続けないので何気なしに彼の座席を眺めた時、思わずはっ！　とした。彼が今まで居た筈の、今の今まで喋った筈の椅子には人影もなく、只、煙草の煙の輪が二つばかり空中に浮んで居た。（『煙突奇談』〔中島河太郎編『日本ミステリーベスト集成一〈戦前篇〉』所収、徳間文庫、一九八四〕）

これは、デビュー作『煙突奇談』の一場面で、空中遊泳ができるという不思議な紳士を巡る幻想譚だ。稲垣足穂好きなら、すぐに飛びつきたくなる文体である。潾二郎自身は小説を「遊戯」と捉えていたが、乱歩が賞賛し、鮎川が「ファンタジーの細工師」と讃えたその才能から紡ぎだされる作品は、美しくも洗練されている。

前出の川崎は、その才能を「海太郎をおびやかす」と評したが、その兄は「小説機械」となって燃焼し、三十六歳の若さで逝った。片や、時に兄以上の才能の煌《きらめ》きを見せながらも、八十四年の生涯にわずかな短編と絵画しか残さなかった弟・潾二郎。二人の生き方を対照的と見る人は多いかもしれないが、果たしてそうであろうか。どちらも浮世を遠く離れ、頑固なまでにそれぞれの芸術に遊んだ人生である点で、そう大きな違いはないようにも思える。（井上）

【著書】＊単独の著書はなく、アンソロジーに収録された作品を読むことができる

アンソロジー

『〈ミステリーの愉しみ第一巻〉奇想の森』鮎川哲也・島田荘司編（立風書房、一九九一）／【収録作】「煙突奇談」
『創作探偵小説選集第二輯〈復刻版〉』探偵趣味の会編輯（春陽堂書店、一九九四）／【収録作】「煙突奇談」
『創作探偵小説選集第三輯〈復刻版〉』探偵趣味の会編輯（春陽堂書店、一九九四）／【収録作】「魔」
『〈日本探偵小説全集十一〉名作集1』（創元推理文庫、一九九六）／【収録作】「魔」
『甦る「幻影城」II』（角川書店、一九九七）／【収録作】「人攫い」
『〈新青年傑作選〉爬虫館事件』（角川ホラー文庫、一九九八）／【収録作】「水色の目の女」
『〈幻の探偵雑誌二〉「探偵趣味」傑作選』ミステリー文学資料館編（光文社文庫、二〇〇〇）／【収録作】「煙突奇談」
『〈異形アンソロジータロット・ボックス一〉塔の物語』井上雅彦編（角川ホラー文庫、二〇〇〇）／【収録作】「煙突奇談」

参考文献

鮎川哲也『幻の探偵作家を求めて』(晶文社、一九八五)
川崎賢子『彼等の昭和　長谷川海太郎・潾二郎・濬・四郎』(白水社、一九九四)

第二部　戦後——消えた作家、甦った作家

敗戦日本の文学で最も光彩を放ったのがミステリー小説であった。横溝正史が疎開先で本格ミステリーに挑んだ最初の作品『本陣殺人事件』が先鞭をつけた。かろうじて書庫（蔵）だけが焼け残った江戸川乱歩が「復活」する。北海道出身では「新青年」の名編集長を退いて作家専業になった水谷準が健筆を振るった。久生十蘭が量産作家から一転して鏤骨の作家として再登場する。渡辺啓助はいよいよ悪魔派の正体を露わにして活躍をはじめた。

しかし、以下に紹介するのは戦後登場したミステリー作家たちである。戦前の華やかな北海道出身作家の活躍に比べて、かなり見劣りすることは否めない。「不毛」という言葉が当てはまるかに思える。だが細かく見てゆくと、胎動があり、新発明がある。高城高と中野美代子の名を挙げておこう。

（鷲田）

Ⅰ 「忘却」と「再発見」

楠田匡介
夏堀正元
高城 高
中野美代子
幾瀬勝彬
南部樹未子
佐々木丸美

楠田匡介

——脱獄トリックの名手

【くすだ・きょうすけ、一九〇三（明治三十六）年八月二十三日～一九六六（昭和四十一）年九月二十三日】厚田《あつた》郡厚田村（現石狩市厚田区）生まれ。本名小松保爾《やすじ》。戦前に上京し、二十数種に及ぶ職を転じた。一九四一（昭和十六）年から千葉の市川に住む。日本探偵小説史に欠かすことのできない江戸川乱歩の『探偵小説四十年』に、「楠田匡介」という名前が最初に現れるのは一九二七年度で、水谷準ら五人の連作になる『楠田匡介の悪党振り』（「新青年」一九二七年七～十二月号初出）である。楠田はこの作品のタイトルともなった主人公の名を借り、後にペンネームとした。

デビューは戦後になってからで、『雪』（一九四八）が「探偵新聞」の懸賞小説に一等入選して以降のことである。戦後は一時、札幌で出版業（社名は白夜書房）を営んでいた。一九四八年、「探偵小説新人会」を高木彬光《たかぎあきみつ》、香山滋《かやましげる》、山田風太郎、島田一男《しまだかずお》らと結成。司法保護司を長く務めた経歴を生かした、脱獄トリックものに秀でた短編を残した。一九五〇年代半ばからの約十年間で、長編を中心に二十冊以上を執筆。『〈日本推理小説大系九〉昭和後期集』（一九六一）に『逃げられる』（「宝石」一九五六年五月号初出）が収録されている。日本探偵作家クラブの有力メンバーとして活躍するが、一九六六年、自動車事故で急逝した。

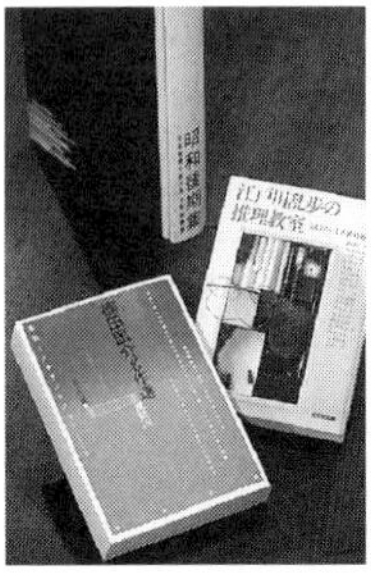

長編ではなく短編がいい

『〈日本推理小説大系九〉昭和後期集』（東都書房、一九六一）に収録された楠田の『逃げられる』は、この二十年あまりテレビで盛んにやっているN・KやY・M原作の旅情ミステリーの類で、北海道の観光地が舞台になることだけが取り柄の、リアリティーの薄い復讐劇である。

しかし、二〇〇二年、〈日下三蔵編本格ミステリコレクション三〉として刊行された『楠田匡介名作選　脱獄囚』の短編各編は、それとはひと味もふた味も違う。

雪はまだすこし降っていた。寒気はひどい。外には新雪が、七、八寸積っている。／窓から見ると向こうに札幌郊外のポプラの並木が見えていた。／ビール工場の高い煙突が、かすかに見える。／汽車は汽笛を一つ鳴し、カーブにかかってスピードを落した。／今度の早岐の用便は馬鹿に長い――ハッとして、鳥海看守長が捕縄を引いた。ゴツンと硬い手答えだった。一気にドアをあける。／サッと冷めたい風が顔を叩いた。窓は半分あいている。早岐の姿はない。捕縄の先きは水洗のハンドルに結びつけられていた。／「と、と、飛んだ！」／鳥海看守長はドアを転び出るなり叫んだ。／「えっ！　逃走《うさぎ》？」／デッキにいた稲葉看守も、はじかれたようにデッキのドアに駆け寄った。／ドアをあけて、半身を乗り出す。真っ白な野原を丸まって馳けて行く早岐の姿が見える。（『ある脱獄』〔『楠田匡介名作選　脱獄囚』所収、河出文庫、二〇〇二〕）

日本のカポネといわれた脱獄王が、数々の脱獄と殺人を重ねたすえ、網走から絞首台のある札幌へ護送される途中、最後の脱走をくわだてた事件の終端間近の部分である。無駄のないスピード感あふれる場面描写が一層の緊張感を与えている。また、一九五〇年代の札幌近郊を走る列車をよく知る人は、ポプラ並木やサッポロビール工場の煙突が見えはじめ、列車がスピードを落とすのはどのあたりかを、まざまざと思い出すに違いない。

編者でミステリー研究家の日下も解説で述べているように、『模型人形殺人事件』(一九四九)から『四枚の壁』(一九六二)に至るまでの楠田の長編は「全体的に文章が粗く、また積極的にトリックを盛り込んでいる割に、筋立ては通俗的」であり、トリックにもたれかかったミステリーとしては二、三級品だった。だが、「そうした楠田作品の特徴が、さまざまな意味でプラスの方向に作用したのが、昭和三〇年代前半に集中して書かれた「脱獄もの」といえるだろう。(中略)独特の粗削りな文章も、このシリーズにおいては、かえって異様なサスペンスを生み出す効果をあげているのだ」という指摘は至当な評価である。楠田の真骨頂は、短編にこそあるのだ。

「復活!」といえば大げさか

楠田の作品は、今やミステリーマニアにとって垂涎の的となっている。現在、入手不可能に近く、古書価を見ても、『犯罪の目』(一九五九)が五万五千円、『四枚の壁』が九万六千円と非常に高価だ。

とはいえ、その名は一般のミステリー読者から完全に忘れられた存在であった。しかし、日下編による作品集一冊の登場によって、その作品も名前も、一挙に一般読者にとって親しい存在になったのだ。文学の歴史において、出版社の、ひいては編集者や評論家の力が極めて大きいことの表れである。

楠田は戦前に習作期があるとはいえ、四十代の半ばになってようやく作家活動をはじめている。その本格的な活動期間も十年余に過ぎなかった。しかし、脱獄トリックものの「発明」者という栄誉は、楠田にあるといってもいい。

脱獄王をモデルにした『ある脱獄』は、一九三六（昭和十一）年に青森刑務所、四二年に秋田刑務所、四四年に網走刑務所、四七年に札幌刑務所を脱獄した、実在する脱獄王・白鳥由栄がモデルの吉村昭『破獄』（一九八三）に及ぶべくもないが、先駆的な作品であることに変わりはない。（鷲田）

【著書】＊新刊で入手可能なのは河出文庫の短編集と光文社文庫のアンソロジーのみ、以下は主なものを示す

『楠田匡介名作選　脱獄囚』日下三蔵編（河出文庫、二〇〇二）
【収録作】「破獄教科書」一九五九、「沼の中の家」一九五八、「法に勝つ者」一九五八、「上げ潮」一九五一、「獄衣の抹殺者」「朱色《バーミリオン》」一九五八、「脱獄を了えて」一九五七、「愛と憎しみと」「熔岩」「ある脱獄」「脱走者《とんこ》」「不良少女」一九五九、「不良娘《ズベコウ》たち」一九六一、「完全脱獄」一九六〇　＊短編集

『江戸川乱歩の推理教室』ミステリー文学資料館編（光文社文庫、二〇〇八）／【収録作】「影なき射手」一九五九

『模型人形殺人事件』（白夜書房、一九四九）

『〈長篇探偵小説全集十二〉いつ殺される』（春陽堂書店、一九五七）

『絞首台の下』（講談社ロマン・ブックス、一九五九）

『地獄の同伴者』（春陽堂書店、一九五八）

『脱獄囚』（同光社、一九五九）

『死の家の記録』（光風社、一九六〇）

『四枚の壁』（雄山閣出版、一九六一）

『密室殺人』（同光社、一九五九→青樹社、一九六三）

夏堀正元

――影薄い多作な社会派

【なつぼり・まさもと、一九二五（大正十四）年一月三十日～一九九九（平成十一）年一月四日】

　小樽市生まれ。父・悌二郎は小樽地方裁判所判事、弁護士、道会議員を歴任後、故郷へ戻り八戸市長を務めた。花園小学校から小樽中学校（現小樽潮陵高校）に進むが、一九三九（昭和十四）年に中退し八戸中学校（現八戸高校）に転校。一九四一年に中央大学予科入学のため中退し、早稲田大学国文科に進んだ後、学徒出陣する。戦後、大学を中退し、一九五〇年に北海道新聞の記者となる。一九五四年に新聞社を辞め、「新潮」に発表した『呪文脱出』（一九五六）で文壇デビューを果たし、一九六〇年発表の『罠』が評価される。一九六五年より同人誌『層』を主宰し、黒井《くろい》千次《せんじ》や井出《いで》孫六《まごろく》、色川武大《いろかわたけひろ》らが参加した。短編集『幻の北海道共和国』（講談社、一九七二）など北海道各地を舞台にした作品を手がけ、とりわけ『海鳴りの街』（「北海道新聞」連載、一九七四年十二月～七五年九月）をはじめとする生地・小樽に材を取った作品が多い。

社会派の落とし穴

夏堀正元の名は、かなり前から知っていた。偶然だが、顔をあわせたこともある。以下は、最初に読んだ作品『霧笛の街』（「小説新潮」一九七一年九月号初出）の結末部分である。

細長い根室半島の南岸にある花咲ガニで知られた花咲港は、この地方唯一の貴重な不凍港で船の出入りもあったが、北岸の凍った海には一隻の船も動かなかった。死んだ海。そこははてもない白い墓場のような静寂さに覆われ、骨を刺す烈風だけが、その上空できいーんと鳴っていた。／真冬になると、よく晴れた日がつづくことがあるが、太陽の光彩は白い氷海を金属的にキラキラと照らすだけで、微妙な色合いを消してしまっていた。／風蓮湖では、白鳥がバタバタ凍死していた。その多くは厚氷の合間の水面に浮んだまま、氷づけになって死ぬという無慙さであった。氷を割って釣る氷下魚《コマイ》も、この年はなぜか不漁だった。（『霧笛の街』、実業之日本社、一九七三）

カニ漁船に乗り込んだ夫が、拿捕され「自殺」した。疑問を持った妻が、夫を自殺に追い込んだ卑劣な人間を突き止める。だが、男は貴重な証人を消し、姿をくらました。ただ、警察に訴えることができない事情がある。夫も男も、スパイであるということがわかったからだ。夫を自殺に追い込んだものは何か、と妻は自問するが、回答は宙に浮いたまま終わる。冒頭の引用文は、そんな妻の凍りついた心情を無言のうちに語る情景描写だ。

この作品、ところどころに点描される「霧笛の街」の、過剰と思えるほどの陰鬱な情景描写と、登場人物の描写や会話とが、嚙み合っていない。しかも、自殺した夫はスパイ養成の陸軍中野学校出身で、戦前は大陸で活躍し、戦後もＣＩＣ（米陸軍情報部隊）に属して対ソ連スパイ活動を続けてきたという。ならば、敵に銃をつきつけられたとはいえ、易々と自分がスパイであることを認め、なぜスパイになったのかまでを語るだろうか？　００７や多羅尾伴内でもあるまい。このリアリティーを欠いた粗雑さは、ミステリーやスリラーでは致命的である。

夏堀の作品は、国家間の紛争を巻き起こすような「重大」事件を扱いながら、そのディテールは、定食屋でお決まりのメニューを平らげるようにお手軽なのだ。

本当にミステリー作家なのか？

夏堀は、下山定則《しもやまさだのり》初代国鉄総裁の「自殺」に材を取った『罠』（一九六〇）、一九二五（大正十四）年に勃発した小樽高商軍事教練事件を扱った『小樽の反逆』（一九九三）などで知られるように、いわゆる「社会派」の作家である。同系統の作家には、すでに松本清張がいた。

三つだけいおう。一つは、松本清張の場合、小説の材を取った戦後の重大事件の「元凶」を、しばしばアメリカ占領軍の謀略とみなした。どこを切っても占領軍の邪悪な意志が潜んでいるというような、金太郎飴的でご都合主義的な反米的、反権力的思想に染められている。

しかし、『黒い画集』に見られるように、清張の人間「発掘」や「探索」熱は、彼が抱くステレオタイプの人間観や社会観を常に裏切り、乗り越えていった。いってみれば清張の作品からは、人間の本性に内在する犯罪や悪に対する、どんな力によっても押し留めることのできない、暗い情熱や快楽がおのずと伝わってくるのだ。

ところが夏堀には、事件や人間の内奥に肉薄するのに必要な、苛烈な探究熱を見出すことができない。確かに、重大事件や近親相姦のような事例は語られるが、奇異性をなぞることで済まされる。

二つは、社会的かつ人間的に重大な事件を扱えば、重大な問題提起を含む反サロン的で民衆的な作品が生まれるという思惑が、創作態度に表れていることだ。ところがその作品には、サロン小説のように、生と生が丸裸でぶつかり合うような奇態な人間たちしか登場しない。登場人物たちは、作者の命じるままの役割を演じて、終わる。作者の手のひらからはみ出て、一人歩きするような人物はついに造形されないのだ。多作であった夏堀の作品において、どの主人公も読者の脳裡に深く刻み込まれ、記憶されることのない理由である。

三つは、やはり松本清張の存在である。酷なように聞こえるかもしれないが、清張『黒い画集』と夏堀『殺人協定』(一九八二)を、『日本の黒い霧』と『罠』を読み比べてみるといい。清張の「亜流」といおうか、犯罪や事件の「スケッチ」にとどまっているといわざるをえない。無理な注文というなかれ。同時期に黒岩重吾《くろいわじゅうご》『背徳のメス』(一九六〇)や梶山季之《かじやまとしゆき》『黒い試走車』(一九六二)が生まれているのだ。結論をいえば、夏堀にはミステリーの代表作がない。

夏堀はミステリー作家である。ミステリー小説を書いている。しかも数多くだ。日本推理作家協会賞の審査員(一九八七〜八八)まで務めているのだ。ところが、『日本ミステリー事典』(権田萬治・新保博久監修、新潮選書、二〇〇〇)にその名が載っていない。『日本推理小説大系』〈全十六巻〉(東都書房)は一九六一(昭和三十六)年までの作品収録だから、夏堀の名がなくても不思議はないかもしれない。だが、『日本ミステリーの一世紀』〈上・中・下〉(廣済堂出版、一九九五)にも収録されていないのだ。

以上は、単なる「遺漏」なのか、はたまた特別の事情を物語るのか。まさか夏堀自身が、「収録」を断ったわけではないだろうが。

北海道出身の左翼作家である小林多喜二《こばやしたきじ》や野呂栄太郎《のろえいたろう》を調べていると、しばしば夏堀の名に行き当たる。しかも小樽出身で、北海道にもしばしば顔を出す「現役」の著名な多産作家だった。ところが道内の若い作家は、作品はもとよりその名さえ知らないという。そのせいか、生前に出たすべての著作が絶版状態にある。死後およそ十年を経て、すでに忘れられた作家の仲間に入ってしまった夏堀。今のところ、その「復活」の兆候はない。

（鷲田）

【著書】 ＊古書でのみ入手可能。ここでは比較的入手しやすい文庫本を挙げる

『幻の北海道共和国』（講談社、一九七二→旺文社文庫、一九八五）
『霧笛の街』（実業之日本社、一九七三→旺文社文庫、一九八六）
『北の墓標―小説郡司大尉』（文藝春秋、一九七五→中公文庫、一九七八）
『北に燃える』（講談社、一九七五→集英社文庫、一九七九）
『青年の階段』（中央公論社、一九七三→中公文庫、一九七九）
『海猫の襲う日』（新潮社、一九七八→徳間文庫、一九八一）
『海鳴りの街』（講談社、一九七六→講談社文庫、二〇〇〇）
『罠』（光文社カッパ・ノベルス、一九六〇→徳間文庫、二〇〇〇）
『無冠の旗』（河出書房新社、一九七三→河出文庫、一九八二）
『殺人協定』（作品社、一九八一→廣済堂文庫、一九九一）
『日本反骨者列伝』（徳間文庫、一九八七）
『小樽の反逆―小樽高商軍事教練事件』（一九九三、岩波書店）
『ダイヤモンド・ダスト』（双葉文庫、一九九五）

高城 高

——和製ハードボイルドの先駆者

【こうじょう・こう、一九三五（昭和十）年一月十七日〜】

函館市生まれ。本名は乳井《にゅうい》洋一《よういち》。英語教師だった父の転勤で、五歳の時に仙台へ移住。東北学院中学・高校を経て、東北大学文学部に進学。在学中、『X橋付近』でミステリー誌「宝石」の新人賞を受賞し、同誌一九五五（昭和三十）年一月号に受賞作が掲載される。日本ハードボイルドは、この作品の誕生によって幕を開けた。一九五七年、北海道新聞社に入社するが、その後も江戸川乱歩の強い推《お》しで『賭ける』（一九五八年二月）などの作品を次々に発表した。しかし、一九七〇年以降は本業との齟齬で筆を断ち、文化部長、出版局長などを歴任、テレビ北海道常務も務めた。二〇〇六年、「高城高ハードボイルド傑作選」の副題で短編集『X橋付近』（荒蝦夷）が刊行される。これを口火に復活を待望する声が高まり、二〇〇八年には創元推理文庫より『高城高全集』〈全四巻〉が刊行。作家活動も再開している。

ハードボイルド前夜を走る

乱歩は、高城が「日本で最も早くハードボイルド作風を見せた人である」（『探偵小説四十年』）と折り紙をつけ、『野獣死すべし』（一九五八）でデビューした大藪春彦《おおやぶはるひこ》や『陽光の下、若者は死ぬ』（一九六〇）の河野典生《こうのてんせい》とともに、日本ハードボイルドのファーストランナーと目していた。

私は火薬の臭に気がつきながら牧玲子を見おろした。彼女は部屋のほぼ真中に仰向けに倒れており、白い肩と腕が電灯に眩しく輝いていた。（中略）銃口を横腹に押しつけて撃てば誰にも気づかれないだろう。／私は死体から目をそらして鏡台を見た。（中略）私はそのなにかをすぐに発見した。／私は畳にこぼれている白い粉を指先につまんだ。臭はない。少し舌の先につけてみると苦い。（中略）しかし私は殺人者がヘロイン目当に彼女を殺したとは思わなかった……この考えが私を立ち上らせた。／私はここにぐずぐずしてはいられないと考えた。（中略）簞笥の底から新聞紙に包んだ三万円の現金を見つけ出した。／……話によっちゃ兄貴に渡して貰いたいものもある……私の頭に牧玲子の言葉が甦り、渡して貰いたいものはこれだな、と思った。／私は彼女の棺のことなどを考えた末、そのうちの一万円だけ取ってポケットに入れた。（『X橋付近』〔『〈高城高全集四〉凍った太陽』所収、創元推理文庫、二〇〇八〕）

十九歳の時に書き、ミステリー誌の懸賞小説に応募した『X橋付近』である。

チャンドラーはハードボイルド探偵について、「こうしたいやしい街路を、一人の男が歩いていかねばならないのである。彼自身は卑しくもなければ、汚れても、臆してもいない。この種の小説における探偵とは、そんな男でなければならないのだ」（『簡単な殺人法』〔『チャンドラー短編全集／事件屋稼業』所収、創元推理文庫、一九六五)と書いた。主人公の私＝高城高＝K大学新聞部員は、年若いが、まさに無意識にハードボイルドの探偵役(同時に容疑者役)を演じている。

この作品は日本ハードボイルドの嚆矢と見なされてきた。しかし、ヘミングウェイやチャンドラーに範を取ったハードボイルド作品を書こうと思うことと、そうした作品を書くことができることとは違う。事実、「戦後は終わった」という喧伝にもかかわらず、「戦後」が歴然と残っていた都会を背景とするこのミステリーは、普通のミステリー読者の目で読むと、日本ミステリーの「伝統」とは少し違う、どこかに新しさを含んだ一種の「不条理」小説と感じられるはずだ。

高城は「書ける」、しかも「何か新しい」(something new)ものを持っている、という乱歩独特の編集者の勘が、二年半後の推理小説雑誌「宝石」登場に道を開いた。新聞記者になっていたとはいえ、乱歩から「注文」が来たのである。心が躍った。すぐ近くで、同じ記者だった原田康子《はらだやすこ》の『挽歌』(一九五六)が起こしたブームがあった。端的にハードボイルドをこそ書く、という目標が定まった。「無機質な文体」、これがハードボイルドのスタイルだといわれる。しかし、重要なのは、無機質な文体でなければ主人公の強い「情念」(パッション)を抑制できない、ということにある。この点でも、客観的に叙述する記録文学とは異なるのだ。同じCIC(米陸軍情報部隊)が絡んだ対ソ連のスパイものであっても、夏堀正元の『霧笛の街』(一九七一年初出)と高城の『暗い海　深い霧』(「宝石」一九五八年十月号初出)とでは、主人公が持つ情念の抑制度が歴然と異なる。この作品で高城は、自分がすでに独り立ちのハードボイルド作家になった、と自認できたに違いない。

この作品で特徴的なのは、国後島に上陸して対ソ連スパイ活動をする理由が、一人の女をめぐる極私的な争いにあったという点だ。「公的」なものが私的なものに解消され、卑小化してゆくことで、作品は政治的にニュートラルな視点を確立する。これがハードボイルドのもう一つの特徴だろう。

高城は短編作家なのか？

二〇〇八年、創元社文庫から全集が出たことで、高城作品は完全復活を果たす。同時に高城も、四十年に近い空白を超えて、作家活動を再開する。その高城が札幌在住で、文学仲間からも知られた乳井洋一であることが判明した。これは、無性にうれしい「事件」である（もっとも、高城の正体が「乳井」であることは、『〈日本推理小説大系十六〉現代十人集』〔東都書房、一九六一〕に写真入りで紹介されていた。が、知る人ぞ知る存在であった）。

高城復活の意義は、第一に、敗戦から一九七〇(昭和四十五)年まで空白と思われてきた北海道のミステリー史における欠が埋まったことにある。第二は、久生十蘭が松本清張の先駆であったように、高城高が大藪春彦や生島治郎《いくしまじろう》の兄貴分であり、現役で活躍する北海道出身の佐々木譲、東直己、今野敏というハードボイルド作家の親分であり、同時に、同じ時代を生きる兄弟分になったということにある。

ところで、高城の全集に収められた作品は、『墓標なき墓場』（一九六二）をのぞいて、すべて短編である。しかし、ミステリー、とりわけハードボイルドの醍醐味は、チャンドラー『大いなる眠り』（一九三九）や原尞『さらば長き眠り』（一九九五）などの長編にある。これは、佐々木、東、今野においても同じだ。短編は書けるが、長編は書けない。こうした認識は、「事実」によって組み立てられた臆説に過ぎない。

静は煙の行方を追いながらニヤリとした。／「殿村という男は、冷たい男よ。気をつけなさい。まだ何か喋ろうか」／「自分の浮気についてはどうだね」／彼女は手を振って煙を割った。／「私が浮気な女に見える」／「見えないよ。硬い女に見えるさ。堅い、堅い……女さ」／江上はグラスの底をあげて中味を啜り、氷を口に含んでガリガリかじってみせた。静はニッと目もとで笑った。／「そう。時には溶けも砕けもするのよ」／「そんな謎はかけたつもりはないぜ」／江上は止まり木をおりて言った。／「釧路行のこの次のバスは何時だね？」（『〈高城高全集一〉墓標なき墓場』、創元推理文庫、二〇〇八）

高城の短編にはほとんど見られない、一見してチャンドラー風の「キザ」な会話の部分である。非難したいのではない。「キザ」が嫌いな作者が、主人公にこういうセリフ回しをさせることができている、ということに注目してほしいのだ。作品の余裕というか、作品の持つ緊張と弛緩のバランスを図ることが、長編では短編に比較して容易になるのだ。「無機質」な文章は、感情を抑えるためのものである。饒舌さが、あるいは軽口が、情念を押し隠す重要なファクターでもある。

旧作では充分に果たせなかった長編ミステリーの妙味を、復活を果したからには、高城にはぜひ味わわせてほしい、と願うのは私ばかりではないだろう。

（鷲田）

【著書】＊ほとんどの作品は「高城高全集」で読むことができる
「高城高全集」〈全四巻〉（創元推理文庫、二〇〇八）
『〈一〉墓標なき墓場』
【収録作】「墓標なき墓場」一九六二
『〈二〉凍った太陽』
【収録作】「X橋付近」一九五五、「火焔」一九五六、「冷たい雨」一九五六、「廃坑」一九五六、「淋しい草原に」一九五八、「ラ・クカラチャ」一九五八、「黒いエース」一九五八、「賭ける」一九五八、「凍った太陽」一九六一、「父と子」一九六二、「異郷にて遠き日々」二〇〇七、「われらの時代に」一九五八、エッセイ「親不孝の弁」一九六三、エッセイ「Martini. Veddy, veddy dry.」二〇〇七
『〈三〉暗い海　深い霧』
【収録作】「暗い海　深い霧」一九五八、「ノサップ灯台」一九五八、「微かなる弔鐘」一九五九、「ある長篇への伏線」一九五九、「雪原を突っ走れ」一九五九、「アイ・スクリーム」一九五九、「死体が消える」一九五九、「暗い蛇行」一九五九、「アリバイ時計」一九五九、「汚い波紋」一九五九、「海坊主作戦」一九六〇、「追いつめられて」一九六〇、「冷たい部屋」一九六〇
『〈四〉風の岬』
【収録作】「踏切」一九六〇、「ある誤報」一九六一、「ホクロの女」一九六二、「風への墓碑銘」一九六二、「札幌に来た二人」一九六二、「気の毒な死体」一九六二、「風の岬」一九六二、「飛べない天使」一九六三、「ネオンの曠野」一九六三、「星の岬」一九六三、「上品な老人」一九六四、「穴無し熊」一九六八、「北の罠」一九六九、「死ぬ時は硬い笑いを」一九七〇

中野美代子

——ミステリー史に名の出ない偉才

【なかの・みよこ、一九三三（昭和八）年三月四日～】

札幌市生まれ。チャイナ文学研究者。一歳上の兄に中野《なかの》徹三《てつぞう》（元札幌学院大学教授・社会思想史家）がいる。一九五六（昭和三十一）年、北海道大学中国文学科を卒業し、一九五六～六五年の同助手を経て、一九六五～六七年にオーストラリア国立大学で助手・講師を務める。その後、北海道大学助教授を経て、一九八一年同大学教授となり、一九九六年に退官している。一九八〇年、『孫悟空の誕生～サルの民話学と「西遊記」』（玉川大学出版会）で芸術選奨文部大臣賞を受賞。岩波文庫版『西遊記』〈全十巻〉（一九八六～二〇〇五）を完訳した。小説には三億円事件を扱ったミステリー『海燕』（潮出版社、一九七三）などがある。

行間に漂うミステリアスで隠微な空気

今西錦司《いまにしきんじ》や梅棹忠夫《うめさおただお》の学術書を読んでいると、ミステリーを読むのと似た興奮を感じる。中野美代子の学術書も同様の趣がある。今西や梅棹の文章は明快さを基本とし、リーダブルだ。だが、中野のには彩りが加わる。一見してわかるのは、行間に漂う非学術的なミステリアスで隠微な空気である。

この中野が、すこぶるつきのミステリー好きなのである。そしてミステリーを書いているのだ。それも上々のものである。久生十蘭の末裔（？）と自ら任じているのだから、当然かもしれない。

どこを引いてもいいが、以下は中編『ゼノンの時計』（「北方文芸」一九七〇年五月号初出）の短い「終章」冒頭である。


払暁、雪降りしきる中を、ボートはC湖の湖心に漕ぎ出した。乗手は桐原亮、梁川正典、それにJ子の三人である。／三人は、それぞれに快活であったが、またそれぞれに、湖畔に気懸りを残してもいた。すなわち、桐原は、書斎で目醒めたとき寝室に在る夫人の寝顔を見たいという、いとも少年じみた欲求を抱いたが、それは、青年との鯉釣りの約束のために抑えて出て来た。見慣れた夫人の寝顔に留連するつもりは毛頭なかったにしろ、いつもと変らぬ朝を迎えた老人の平静さが、かえって、そのような執着を生んだのである。／正典は、逞しい漕艇ぶりを新しい婚約者に見せたかった。（『ゼノンの時計』、日本文芸社、一九九〇）

そして、この直後に惨劇が起こり、物語は閉じられる。

中野自身、この作品は発表の六年前に脱稿していたものだと書いている。オーストラリアへ向かう前のことだ。一読すれば、久生十蘭の『湖畔』（一九三七）から生まれたという理由がよくわかる。それぞれの「湖」に共通するのは、「何とはなしに、身を投じた死体が漂っているのではないか」という気配を漂わせていることだ。

ところで、『ゼノンの時計』とはやけに凝った題名である。これは、作中で作家のＪ子が書こうとしている小説の題なのだ。アキレスが亀に追いつけないというゼノンの逆説の通り、一瞬と一瞬との間には必ず隙間がある、どんな強い絆でも不意に断ち切られたりつながったりする、という意を含む。久生や中野がつとに追求する、人間の言と動の断絶と連続の連鎖である。

何だかずいぶん難解なミステリーのように聞こえるだろう。しかし、トリックがあり、探偵が活躍するわけではない。容易に切れてなお簡単につながる人間関係の無数の綾を、若い中野が楽々と言葉をつなぎ、織りあげてできあがった小説なのである（ちなみにこのＣ湖とは、北見から津別へ南下した山中に静かに佇むチミケップ湖のことで、アイヌ語で「崖を破って流れてゆく川」の意を持つ。湖畔にはキャンプ場があり、自作の『海燕』にも実名で登場する――なんて注記を入れると艶消しになるか）。

今ひとつ、長編『海燕《かいえん》』（一九七三）を紹介しなければならないだろう。

主人公の師尾匡基は一九六五（昭和四十）年一月、三十二歳で東京大学文学部修士課程を終えた。その後、イェール大学で博士号をとり、カリフォルニア大学バークレイ校でテニュアトラックポジション（任期付き正職員）で三年間勤め、准教授に昇格も約束されていたが、有給研究休暇（サバティカルリーヴ）で帰国する。このエリートが「俺は学問をやめてもいいのではないか」と自問し、新左翼連中を尻目についに三億円強奪事件を成功させてみせるのだ。次いで、香港で自分と陰陽あわせ持つ男と三億円の半分でパスポートを取り替え、相手を「殺し」てまったくの他人になり済ましてしまう。

一九七〇年、今度はニュージーランドに渡り、大物産業人を殺す。まったくの偶然に鉢合わせになったのだが、この大物とは三億円事件の裏側でつながっていた――。

この破天荒な物語は、香港を軸に地図を折り曲げると、ちょうど日本とニュージーランドが重なる(と作家がいうようにはいかないが、見た目でいうなら「ま、いいか」という程度にはなる)。香港を起点に、人間も物語も自在に変わり得る。ここでも中野は、非連続の連続、紙を折ると表から裏側に滑り込む人間の心理と行動の転移をまざまざと描いてみせる。この驚くべきミステリーについては、その存在だけをここで喚起するに留めたい。

「一字」で千変万化の世界を織りなす

中野の小説でも特に推奨したいのが、『契丹《きったん》伝奇集』(一九八九)収録の、短編・掌篇・翩《へん》で、主としてチャイナに材を取ったミステリー(伝奇)である。

文学は言葉からできあがっている。言葉は単語の連なりだ。その単語(語彙)の豊饒な矩形の翩篇の一つ『狄《テキ》』の全文を以下に挙げる。「狄」に注記はないが、あえて記せば北狄で北の異民族だが、ここでは単に異民族の意だろう。

某教授がポルノ解禁国からひそかに持ち帰った写真小冊が、教授出入りの書肆の主《あるじ》を経由して手元に至った。／美国の男女モデルが織りなすあからさまな性戯は異国人のこととてさながらお伽噺のようにも見えるが、中に一人、東洋人の女がいて、それは色あさぐろく四肢も俊敏に見えるところから、恐らくヴェトナムの女かと思われる。するうちに、濃艶な化粧の下、なかばつむった目となかば開いた紅唇とが過去の記憶に甦り、豪州の旅舎で一夜を共にしたさる富商の令嬢と見えた。／写真における彼女の桃色の花蕊には、白人男の灼熱した地軸が突きささっていたが、それをとり除いて潜っていくと、牡蠣《かき》貝の溷濁《こんだく》した世界の中に、一条の隧道が穿たれていて、その先に、ほの暗い暖い空間がひらかれた。息苦しさから解き放たれて思いきり手足をのばした私の前に、くだんの白人男が彼女を左手で擁しつつ拳銃をつきつけてきた。（『狄』〔『契丹伝奇集』所収、日本文芸社、一九八九〕）

これがなんでミステリーなの、というなかれ。四百字の小宇宙に、少なくとも三つの独立した物語が織り込まれ、最後に混濁というか渾然一体となってか、一挙に押し寄せてくる。さて、「私」は拳銃の男なのか？　それとも拳銃を奪って、かの男を殺した男なのであろうか？　なんて……。この作家、「一字」を元本に千変万化の物語を紡いでしまう、と思わせる。

中野美代子は文学研究者、翻訳家としては著名でも、作家としては無名に等しかった。そもそも、これまでミステリー史上で決して取り上げられたことのない作家である。『海燕』一冊の「作家」に過ぎない中野を、文学史上、あえていえばミステリー史上に輝く存在に変えたのは、一つの「偶然の必然」としか呼び得ないものである。

中野は「作品」から作品を作るという、文学が本来的に持っている特性を存分に生かして小説を書く。その意味で、作家の実生活を写生する、日本で主流の小説の流儀からは最も遠い作家だ。一見してマニア好みの作品を書いている。

この非職業作家の作品が四冊の作品集にまとめられ、ミステリー好きの読者の前に提供されたのは、一人の慧眼かつ奇特な編集者・小山晃一の存在なくしてありえなかった。作家・中野のみならず、読者にとっても幸運であった。しかも、三作が芦澤泰偉《あしざわたいい》、残る一冊が鈴木一誌《すずきひとし》の装丁なのである。造本のゴージャスさにおいては、中野の小説にも負けていない。（鷲田）

【著書】＊ここではミステリー（伝奇）作品だけを紹介する。ぜひ、読まれたい

『海燕』（潮出版社、一九七三）

『契丹伝奇集』（日本文芸社、一九八九→河出文庫、一九九五）

【収録作】「女俑」一九八〇、「耀変」一九七九、「蜃気楼三題」一九七〇、「青海」一九六〇、「敦煌」一九六〇、〈掌篇四話〉「考古綺譚」一九八一、「ワクワクの樹」一九八一、「海獣人」一九八二、「屍体幻想」一九八二、〈翩篇七話〉「狄」「杪」「膏」「蝕」「戩」一九八五、「魈」「髏」一九八六

『鮫人』（日本文芸社、一九九〇）

【収録作】「鮫人《こうじん》」一九七〇、「耶律楚材《やりつそざい》」一九七七　＊戯曲集

『ゼノンの時計』（日本文芸社、一九九〇）

【収録作】「ゼノンの時計」一九七〇、「南半球綺想曲」一九七四、「海燕」一九七三

『眠る石』（日本文芸社、一九九三→ハルキ文庫、一九九七）

【収録作】「ロロ・ジョグラン寺院」、「スクロヴェーニ礼拝堂」、「楼蘭東北仏塔」、「ボロドゥール円壇」、「ビビ・ハヌム廟」、「泉州蕃仏寺」、「ウェストミンスター・アベイ」、「シャトー・ド・ポリシー」、「龍門石窟奉先寺」、「カリヤーンの塔」、「アンコール・ワット第一回廊」、「ベゼクリク千仏洞」、「晋江摩尼教草庵」、「ザナドゥー夢幻閣」、「プリヤ・カン寺院」

幾瀬勝彬

——戦中派の美学

【いくせ・かつあき、一九二一（大正十）年八月十五日～一九九五（平成七）年四月二十一日】

札幌市生まれ。早稲田大学文学部を中退し、海軍航空科予備校に入学。その後、ニューギニアのラバウル航空隊に配属され、そこで終戦を迎える。戦後は、ＮＨＫやニッポン放送などでアナウンサーやプロデューサーとして活躍した。デビューのきっかけは、一九七〇年に四十歳で書いた『ベネトナーシュの矢』が、第十六回江戸川乱歩賞の最終候補に選ばれたことだった。受賞は逃すも、翌年には『死を呼ぶクイズ』に改題して春陽文庫から書籍化され、その後も同文庫から長編五冊と短編集二冊を出す。しかし、デビューから十年ほどでミステリー作家としての活動は途絶えた。

娯楽作と異色作

春陽文庫といえば、時代小説のほか、江戸川乱歩、横溝正史に始まる本格推理小説をラインアップすることで知られる。そこに、「本格推理小説のダイゴ味を満喫させる大型新人！」と謳われ、期待の新星として登場したのが幾瀬である。デビュー作『死を呼ぶクイズ』(一九七一)もそうだが、彼の作品は犯人探しを集団で行うパターンが多い。凝ったトリックにもかかわらず、複数の探偵役が都合よく事件を解決してゆくため、全体に薄味で軽いタッチにみえる。娯楽色の強い春陽文庫の路線にあわせ、気楽に読めることを意識したからだろう。

そうした作品群のなかで、他とはまったくニュアンスの異なる作品がある。『遠い殺意』(一九七七)と『殺意の墓標』(一九七六)の二作だ。読後に深い余韻を残す異色作で、どちらもラバウル島に従軍した元兵士たちの暗い過去が引き起こす事件を扱い、そこには幾瀬の戦争体験が色濃く反映されている。

たとい病気で死んでも、骨と皮ばかりになって死んだのでなければ、「カニになる」とはいわなかった。/「カニというのは、そういう風にやせ細った死体の意味なのです。ですから、わたしはあの脚の細長い松葉ガニを見ますと、いまだに身震いがしますし、大好物だったカニを食べる気が起きないのです」(『遠い殺意』、春陽文庫、一九七七)

実際に飢餓の戦場を体験していなければ、こうしたセリフを書くのは容易《たやす》いことではない。

戦場の記憶を「娯楽」へ転写

「ゆきゆきて神軍」(原一男監督、一九八七)というドキュメンタリー映画がある。ニューギニアに従軍した奥崎謙三が、戦後、そこで起きた兵士の射殺事件の真相を尋ね歩く姿を追った作品だ。残留兵士たちの人肉食問題をもクローズアップしたこの映画と幾瀬の二作は、実と虚の違いはあれど、同じニューギニアの戦地を舞台にしており、重なる部分は多い。

幾瀬の一歳年長である奥崎は、実は作家の阿川弘之と同じ年である。そして阿川は、大学卒業後に海軍予備学生になるなど、幾瀬と非常に似た経歴を持つ。

従軍は人生を一変させる経験だが、それゆえに各人それぞれの戦後があり、過去への後始末の仕方も異なる。奥崎は事実に拘泥しながら責任を追及し続け、阿川は仲間への鎮魂として戦争をテーマにしたリアルな小説を書き、世に出た。

一方、幾瀬の場合はといえば、忌まわしい戦場の記憶を推理小説という「娯楽」の上に転写した。もっといえば、推理小説作家というスタイルさえ、「ラバウル」を書くための方便に思えてしまう。そのひと捻りしたアプローチこそが、奥崎や阿川の直球とは一線を画した、幾瀬の美学だったのかもしれない。


（井上）

【著作】＊ここではミステリー作品を挙げる。すべて絶版のため、古書でのみ入手可能
『死を呼ぶクイズ』（春陽文庫、一九七一）
『声優密室殺人事件』〈『北まくら殺人事件』改題〉（春陽堂書店、一九七一→春陽文庫、一九七七）
『私立医大殺人事件』〈『死のマークはX』改題〉（弘済出版社、一九七三→春陽文庫、一九七七）
『殺意の墓標』〈『殺しのVマーク』改題〉（ベストブック社、一九七六→春陽文庫、一九七八）
『女子大生殺害事件』（春陽文庫、一九七六）＊短編集
『遠い殺意』（春陽文庫、一九七七）
『幻の魚殺人事件』（春陽文庫、一九七七）＊短編集

南部樹末子

――不毛な「愛」のさまざまな結末を描いて

【なんぶ・きみこ、一九三〇（昭和五）年九月二十三日〜】

樺太《カラフト》に生まれるが、生後すぐ東京に移住。本名キミ子。武蔵野高等女学校を卒業後、電気会社を経て、出版社で雑誌記者として勤務。その後、母の生地である釧路に移住。一九四九（昭和二十四）年に帰京し、一九五九年の『流氷の街』で婦人公論女流新人賞を受賞、文壇にデビューする。最初のミステリー作品『乳色の墓標』（一九六一）を皮切りに、北海道各地を舞台にした男女の恋愛ドラマが絡むミステリーを数多く発表した。一九七六年、一度筆を折り釧路に戻るが、一九七八年に『狂った弓』で復帰している。

型どおりの愛憎復讐劇

その作品数の多さ、作家歴の長さ、知名度の高さからいって、さらに文壇に占める地位からいっても、南部はメインストリートに位置すべき作家と思われる方もいるに違いない。特に一九六〇〜七〇年代は、いわば北海道出身ミステリー作家の「空白期」に数えられるのだから、なおのことである。

恵子に会うまで、江上の精神は一個の独身者に過ぎなかった。美佐子のような妻は、夫の社会的な成功は共に頷《うなず》き合えても、男の仕事の苦悩や孤独を理解することは出来ない。けれども、恵子は仕事を持って、男と同じ人生の場に生きる女だった。彼女は江上の内部を誰よりも深く理解し、彼に男の孤独を忘れさせた。恵子は彼にとって恋人であると同時によき仕事の相談相手であり、友人だった。／彼は、美佐子と同棲し、彼女に身のまわりの世話を受け、彼女の体を抱いていた。が、精神の深部では、彼の妻は美佐子ではなく、恵子だったのである。(『乳色の墓標』、徳間文庫、一九八二)

ここに「精神」を「深部」で共有し合える男と女、という「言葉」はある(精神を深部で共有し合える男女、あるいは男男、女女などということは、果たして可能なのか? 共鳴なら、あるいは可能だろうが)。しかし、作品のなかの江上と恵子はもとより作者自身にも、それが何を指し示すのかがわかっているように思えないのだ。少なくとも、わかろうとしているとは思えない。つまりは「言葉」があるだけだ。妻の美佐子の方も、夫の不実を知りながら、あなたがするなら私だってというように、愛人と密会旅を続けている。つまりは型どおりの愛憎復讐劇が展開し、型どおりそれが原因で殺人が起きる。

代表作と目される『狂った弓』(一九七八)は、息子のために嫁を殺した(自殺として処理された)母親が主人公だ。その息子には、そんな母の愛がまったく通じない。ならば私(母)が自死して自分の家をスキャンダルに巻き込んでやろう、という結構の物語だ。これも意趣返しの物語である。しかし、このバカな母親が死ぬと、ラストで後妻に入った嫁が喜びを隠せずに「夜明けがきた」と呟やくのだ。

南部の作家としての「不幸」は、すでに釧路を舞台にした原田康子『挽歌』(一九五六)の大ブレークがあったことだ。原田は一九二八(昭和三)年生まれで、年齢も近い。何かにつけ、南部は先行者である原田と比較されてきた。

原田は書きたいものを書きたいように書く作家である。そうなったのは、『挽歌』ブームの重圧に負けることなく、「挽歌スタイル」から抜け出て書き続けたからだ。対して南部は、一見して南部ならやすやすと書けそうなテーマや題材を描く(描かされる)。それも、ミニ『挽歌』のような作品が暗黙のうちに望まれた(だろう)。これはプロの作家として仕方のないことでもある。だが南部は、北海道のワンパターンな情景を配した愛憎ドラマの繰り返しと思われる作品群を残しただけで、終わってしまっている。

(鷲田)

【著書】＊ほとんどは絶版だが、古書でなら入手可能。以下、主なものを示す

『乳色の墓標』(東都書房、一九六一→徳間文庫、一九八二)
『砕かれた女』(東都書房、一九六二→徳間文庫、一九八三)
『閉ざされた旅』(毎日新聞社、一九七四→徳間文庫、一九八四)
『狂った弓』(光文社、一九七八→徳間文庫、一九八四→光文社文庫、一九九六)
『北の別れ』(光文社、一九七九→徳間文庫、一九八五)

佐々木丸美

――復活遂げた「伝説」の作家

【ささき・まるみ、一九四九（昭和二十四）年一月二十三日～二〇〇五（平成十七）年十二月二十五日】

石狩郡当別《とうべつ》町生まれ。当別高校を卒業後、北海学園大学法学部に入学するも中退。一九七五（昭和五十）年、NETテレビ（現テレビ朝日）・朝日新聞社共催の「一千万円テレビ懸賞小説」に佳作入選した『雪の断章』でデビューを果たす。これがベストセラーとなり、続いてミステリー「館」三部作を書いて人気作家となる。一九八四年までに小説十七作、マンガ（原作）一作を書き、そのすべてが講談社から刊行された。それ以降、作品を発表しないまま、二〇〇五年に心不全で死去。その後、熱烈なファンの要望に応じて全作品が復刊されている。

伝説化で広がったファン層

その鮮烈なデビュー、ほぼ十年間の作家生活、その後二十年にわたる沈黙の末の夭折――佐々木の作家人生には、彼女を「伝説」化する要素が詰まっている。そして、「復活」である。

佐々木が目指したのは本格ミステリー、佐々木の言葉でいえば「謎を根幹とする純粋理論小説」（『水に描かれた館』）である。エラリー・クイーン、ヴァン・ダイン、日本では仁木悦子、加田伶太郎の作品などがそのなかに入る（『崖の館』）、と述べる。戦前から、探偵小説（ミステリー）は純文学（芸術）を目指すべきだ、という理念を掲げる意見があった。それも念頭においての、佐々木の主張だったのだろうか？　多少の疑問がある。ま、どういう理念を掲げてもいいが、問題は作品だ。内容だ。文章だ。

目もくらむ断崖。／切りたつ岩にうちよせる波、散ってくだけてはまたうちよせてくる。冬の波濤《は とう》は非情に人を拒み隔離された世界を構築してゆく。／沖の海は銀盤にゆらめき流れる潮の花を浮かべていた。／西の果て、様似《さまに》の海に陽が落ちてゆく。／夕陽が水面《みなも》に映る姿。それは太平洋に忽然《こつぜん》と黄金の泉が湧いているかのように見えた。はるかに望む襟裳《えりも》の燈台が神秘にひそむ様似にかしずいていた。／百人浜の哀れな伝説が今も生きている。冬の嵐に難破し海に投げ出された人々は岸に辿《たど》りつきながらも、あまりの寒さに倒れ全員が凍死したという。助けを求めた泣き声が波にのって今日も聞こえてくるという。（『崖の館』、講談社、一九七七）

満々の抱負を持って書かれた、ミステリー第一作『崖の館』の冒頭部分である。一読して、ゲッときた。「抒情演歌」の台詞である。演歌が悪いわけではない。しかし、作者は「純文学」を目指していると思っているのだ。ならば、演歌と純文のコラボなのか？　まさかね。

全文のリアリティーが、「様似」、「襟裳」、「百人浜」という地名と情景に負っている。中野美代子の「地名」癖は、土地の「名」だけで文章を構想してゆく。佐々木のは逆で、この文章は既存の地名の定番イメージに寄りかかっている。これもまた、演歌っぽいやり方だ。

ところが、文章の全体の調子は少しも演歌っぽくない。平俗（ポピュラー）な自然感情に訴えるところが何もないからだ。

作家と読者の共通意識

佐々木丸美の全作品が復刊される、とかなり大きく報じられて、なんにせよ郷土作家の復権である、喜ばしいことだ、と思えた。しかし、佐々木の作品は読んでいなかった。あわてて旧刊本を購入して読みはじめたが、読むことができないのである。難解だからでない。登場人物が稚拙過ぎるからだ。そんな人物たちが、謎を撒き、殺人を仕掛け、謎を解こうというのだ。ちょっと無理じゃない、と思える。

ところが、パステルナークやロダンやリルケの「言葉」が登場するのだ。彼らをネタに会話するのはいい。しかし、それが芸術のなんたるかを語り合うためとあっては、読んでいる方も、おいおい、といわざるをえなくなる。大人には読めない理由だ。

佐々木のミステリーに登場する、感情も思考もそして行動も「稚拙」な主人公たちは、実のところ作家自身の「稚拙」さの表出なのである。そう思うほかない。佐々木の作品や読者にとって、「ナイーブ」は「純真さ」を表すだけの言葉として受けとめられている。ナイーブが持つ否定的な本来の意味——未熟さや、愚かさ、世間知らず、はまったく顧みられていないのだ。これが、佐々木の作品の再刊を熱狂的に求めた最大因である。稚拙なミステリー読者が、それにふさわしいものを佐々木作品のなかに見出したのである。

その意味では、佐々木丸美は伝説化することで、ミステリーファンの輪を広げたということができる。

（鷲田）

【著書】＊創元推理文庫

創元推理文庫による復刊を挙げる

『崖の館』（二〇〇六）＊講談社、一九七七

『水に描かれた館』（二〇〇七）＊講談社、一九七八

『夢館』（二〇〇七）＊講談社、一九八〇

『雪の断章』（二〇〇八）＊講談社、一九七五

『忘れな草』（二〇〇九）＊講談社、一九七八

『花嫁人形』（二〇〇九）＊講談社、一九七九

『風花の里』（二〇〇九）＊講談社、一九八一

＊佐々木の全作品は「佐々木丸美コレクション」〈全十八巻〉（ブッキング）として復刊されている

II　ミステリーも手がけた作家

伊藤 整
井上 靖
三浦綾子
加田伶太郎（福永武彦）
寺久保友哉

伊藤 整

——考え抜かれた作法で書く

【いとう・せい、一九〇五（明治三十八）年一月十六日〜一九六九（昭和四十四）年十一月十五日】

松前《まつまえ》郡松前町生まれ。本名は整《ひとし》。誕生の翌年、塩谷《しおや》村（現在の小樽市塩谷）へ移住。小樽高等商業学校（現小樽商科大学）を卒業後、地元で英語教師をしながら詩集『雪明りの路』を自費出版し注目される。一九二七（昭和二）年、東京商科大学入学。『ユリシーズ』を翻訳し、小説『鳴海仙吉』（一九五〇）や評論集『小説の方法』（一九四八）などを発表。一九五〇年、翻訳した『チャタレイ夫人の恋人』が猥褻文書として有罪判決を受けたことで話題となり、『女性に関する十二章』（中央公論社、一九五四）がベストセラーとなる。一九六九年に胃癌で亡くなるまで、『変容』（一九六八）などの小説のほか、日本文学史を語るうえで必読書とされる『日本文壇史』（一九五三〜七三）を書くなど、旺盛に執筆活動を続けた。

ニヒリズムの極致

伊藤は、小説の方法を考え抜いた作家である。その研究のために、初期には多くの実験的短編を書いている。そんな伊藤が、人気作家として脂の乗り切った頃に発表した『氾濫』（一九五七）という長編小説がある。独自の小説作法を駆使した作品なのだろうが、これが理屈抜きに面白い。いや、恐ろしい。

この作品には、三人の男が登場する。研究成果が認められ、一技術者から会社重役に登りつめて学会でスター的存在となった真田佐平。学会を牛耳る身でありながら、真田を密かに嫉妬する大学教授久我象吉。そして、野心のために真田の娘に近づく研究者種村恭助だ。

物語には殺人も事件も起こらない。が、金と地位と肉体的欲望を求める身勝手な男たちと、そうした男たちと確かな関係を得ようともがく妻や愛人たちとのグロテスクな愛憎劇は、ミステリー以上にスリリングだ。乾いたトーンで語られる心理描写には、甘い理想などかけらもない。伊藤は、彼らにむき出しのエゴのみを語らせる。

ラストシーン、真田の娘と種村の豪華な結婚式の場面であらわになる、久我をはじめとする登場人物たちの独善は、恐ろしくも圧巻だ。

> おれはどうかしているのではないか、と彼は思った。どの女もどの女も、懸命に化粧をし着かざっている女たちが空っぽで、その化粧の下に露骨なアジアのモンゴリア系の女の平べったい顔ばかりがあった。／(中略)／ああ、おれは女に興味がなくなって、女を相手にして起ることの全部がその女の顔を見ただけで分かるようになった、と彼は思った。それは沙漠を歩くような空しい気持ちであった。しかし同時に、人間は、こういうことを理解した時にやっと道徳的になるのかも知れない。おれはいまその近くまで来ているようだ、と彼は思った。(『氾濫』、新潮文庫、二〇〇〇)

独白と幻想

もう一冊、紹介したいのが『街と村』（一九三九）である。これは、小説『幽鬼の街』と『幽鬼の村』の二作品を一冊にまとめたもので、伊藤本人がモデルの「鵡藤」という男が主人公として登場する。小樽市街やその近郊の生まれ育った村を歩きまわるなか、過去に関係のあった人間たちが「幽鬼」のように鵡藤の前に現れ、そこで交わされる会話から徐々に男の内面が露呈されていく。全編を覆う空気は、暗室のように重く湿っぽい。そして鵡藤が出合う風景や幽鬼たちは、現像液のなかにぼうっと浮かぶ白黒写真のようにどれもおぼろげなのだ。

どういうわけだろう、筆者にはこの小説に登場する小樽の通りに、『ジキルとハイド』に描かれた十九世紀ロンドンのほの暗い路地が重なって見えてしまう。

「――ここですよ、鵡藤さん。私があれを始末したのは。この便所ですよ。小樽新聞に出ていたでしょう。色内駅下の共同便所に…遺棄さる、って。あなた見なかった？　私はその暗い秘密を持ったまま死んだのよ。あなたのせいですよ。（後略）」（『幽鬼の街』〈『街と村』所収、講談社文芸文庫、一九九三〉）

（井上）

【著書】 ＊現在入手できる著書を挙げる
『氾濫』（新潮文庫、二〇〇〇）＊絶版、古書で入手可能

『変容』（岩波文庫、二〇〇二）
『日本文壇史』〈全十八巻〉（講談社文芸文庫、一九九五～九七）
『女性に関する十二章』（中公文庫、二〇〇五）
『若い詩人の肖像』（講談社文芸文庫、一九九八）
『小説の認識』（岩波文庫、二〇〇六）
『小説の方法』（岩波文庫、二〇〇六）
『改訂　文学入門』（講談社文芸文庫、二〇〇四）
＊『伊藤整全集』〈全二十四巻〉（新潮社、一九七二～七四）もある

井上 靖

――謎解きの面白さと重厚な人間ドラマ

【いのうえ・やすし、一九〇七（明治四十）年五月六日～一九九一（平成三）年一月二十九日】

旭川市に生まれるが、誕生の翌年、母の郷里である静岡県伊豆湯ヶ島へ移住。一九三〇（昭和五）年、九州帝国大学法文学部英文科に入学するも中退し、一九三二年に京都帝国大学文学部哲学科へ入学。一九三六年、「サンデー毎日」の懸賞小説に『流転』が入選し、それを縁に毎日新聞大阪本社へ入社。一九四九年、『闘牛』で第二十二回芥川賞を受賞し、翌年退社して専業作家となる。『天平の甍』（一九五七）や『敦煌』（一九五九）、『淀どの日記』（一九六一）、『おろしや国酔夢譚』（一九六八）などの大作を次々に生んだ、日本を代表する作家の一人。晩年に至るまで執筆欲は衰えず、八十二歳の時に書き上げた『孔子』で第四十二回野間文芸賞を受賞している。

『氷壁』のハードボイルドなカッコよさ

井上作品の傾向は、大きく三つに分けられる。現代ドラマ、自伝的作品、そして日本や中国を舞台にした歴史小説である。そのなかでも、ミステリー的色彩の濃い作品としては、『黯《くろ》い潮《うしお》』（一九五〇）

と『氷壁』（一九五七）の二作が挙げられる。どちらも、実際に起きた事件が小説のモチーフとなっているのが特徴だ。

『黯い潮』は、国鉄初代総裁・下山定則の轢死が自殺か他殺かを追う新聞記者、速水の物語だ。一見、推理小説のようだが、井上はそれだけでは終わらせない。速水には妻の自殺という忌まわしい過去があるのだ。物語は、世間を騒然とさせた一九四九（昭和二十四）年の下山事件と、速水の妻の自殺という二重構造でもって、死という普遍的問題を速水自身の心の変化とともに描いてゆく。

一方の『氷壁』は、一九五五年の冬、前穂高岳東壁頂上直下の岩場を登攀するクライマーが、ナイロンザイルの切断で墜落死した、いわゆる「ナイロンザイル事件」をモデルにしている。

主人公の魚津恭太は、山登りのパートナーで親友の小坂乙彦が、人妻を愛し、忘れられずにいることを知る。出口のない恋慕を抱く小坂の心理状態に一抹の不安を覚えながらも、二人は以前から計画していた前穂高岳東壁への登頂を目指す。ところが、頂上を目前にして小坂が滑落、その瞬間、二人を結ぶ命綱のナイロンザイルが切れてしまう。魚津の目の前で、小坂は深い谷へ消えていく。

　魚津の瞼から仰向けに倒れている小坂の姿が消えると、それに代わって、決まってザイルの問題が彼の頭へ登場して来た。ザイルはどうして切れたのか？／その間、雪は吹雪いたり、やんだりしていたが、魚津はそうした自然の変化には鈍感になっていた。雪が吹雪こうが、やもうが、そうしたことには無関心になっていた。ザイルのことと、小坂の仰向けに倒れている姿が交互に魚津をとらえていた。（『氷壁』、新潮社、一九五七）

失意のうちに帰還した魚津を待っていたのは、ザイルの欠陥か、小坂の過失かを巡る、ザイルの製造会社を巻き込んだ大騒動だった。魚津は友の名誉のために、「ザイルの弱点」を実証するための行動を開始するが……。

実際の事件を扱いながらも、そこに幾重もの虚構の伏線を張った謎解きの面白さと、重厚感ある人間ドラマとして読ませる手腕には、改めて感服させられる。しかも、主人公・魚津のキャラクターは、組織に阿《おもね》ず、自身の信ずる倫理観と美学で行動するという、正統派のハードボイルド・ヒーローに通じるカッコよさなのだ。そんな人物造形も、本作の大きな魅力となっている。（井上）

【著作】＊代表作のほとんどは文庫化されている

『井上靖全集〈全二十八巻＋別巻一巻〉』（新潮社、一九九五〜二〇〇〇）
『黯い潮』（文藝春秋新社、一九五〇）＊「井上靖全集」第八巻に収録
『氷壁』（新潮社、一九五七→新潮文庫、一九九一）
『天平の甍』（中央公論社、一九五七→新潮文庫、一九六四）
『敦煌』（講談社、一九五九→新潮文庫、一九六五）
『楼蘭』（講談社、一九五九→新潮文庫、一九六八）
『淀どの日記』（文藝春秋新社、一九六一→角川文庫、二〇〇七）
『おろしや国酔夢譚』（文藝春秋、一九六八→文春文庫、一九七四）

三浦綾子
――鈍るミステリーとしての論理性

【みうら・あやこ、一九二二（大正十一）年四月二十五日～一九九九（平成十一）年十月十二日】

旭川市生まれ。旭川市立高等女学校を卒業後、歌志内で小学校教諭生活をスタートさせるが、一九四六（昭和二十一）年に教職を退く。その後結核を発病し、長い療養生活に入る。一九五二年、病床で受洗。二年後、三浦光世《みつよ》と結婚する。一九六二年、雑誌「主婦の友」に林田律子名義で書いた『太陽は再び没せず』が掲載され、一九六四年には朝日新聞社懸賞小説に『氷点』が入選。翌年、刊行されるや大ベストセラーとなる。以降、キリスト教の思想を基盤とした数々の作品を発表した。

見逃せない信仰の影響

「この小説が、神の御心に叶うものであれば、どうか書かせてくださいますように。もし神の御心を汚すような結果になるのであれば、書くことが出来なくなりますように」。『氷点』を書きはじめるにあたり、夫の光世はこう祈ったという。結果として『氷点』は世に出、三浦綾子の作家生活はスタートした。

　その姿勢は三浦本人も同様で、「わたしは、直接であれ、間接であれ、このキリストの福音を伝えようとして書いているのである。例えば文学的には、どうであれ、この信仰の土台に立って書いているのである」（『孤独のとなり』、角川書店、一九七九）と語っている。つまりは、神によって与えられた仕事として、神の御心に叶った作品を読者に提供することが、三浦の小説を書く理由といっていい。

　崇高なる目的はさておき、『氷点』にはページを次へとめくらせる強い牽引力がある。逢引の間に娘を殺された夏枝、その妻（夏枝）への復讐心から犯人の娘を引き取る夫・啓造、殺人者の娘と知らずに二人に育てられる陽子、陽子に妹以上の感情を持つ兄・徹――。登場人物を説明するだけで、すでにドラマが見えてくる。その筆力は、強い信仰心だけでは生まれ得ないものだろう。

　と同時に、そのドラマチックな設定には、幾分のご都合主義が含まれていることも否めない。文芸評論家の平野謙《ひらのけん》は、「私の結論を先にいえば「氷点」ほど無理な不自然な小説を近ごろ読んだことがない、の一語につきる」、「もらい子に出生届さえすんでいたら「氷点」のドラマは、ドラマとして成立しないのである」（『文藝時評』平野謙、河出書房新社、一九六三）と、作品への違和感を語っている。

　恋愛小説や大河小説ならば、そうしたご都合主義もドラマチックな展開として許されるのかもしれない。だが、この小説はミステリーとしての結構を持つ。そこに論理的な視点が欠けてしまうと、子どもだましに終わる危険性をはらんでしまうのだ。

　ならばと、三浦作品のなかでも推理小説風作品の代表作と言われる、『広き迷路』（一九七七）を読んでみた。

旭川から上京し、銀座のデパートに勤める早川冬美は、恋人であるエリート社員・町沢加奈彦との平凡な結婚を夢見ている。しかし、町沢にとって冬美は、単なる遊び相手であった。彼にとっての結婚は、出世への重要なステップであり、上司の娘を貰おうと考えていたのである。そんな彼の不審な行動に疑いを抱くようになった冬美は、これまで以上に彼に結婚を迫るようになっていく。

> もし自分が一流大学を出ていなければ、女たちの自分に対する態度は変ったと思う。その自分の持っているものを、フルに活用する以外に、出世の手だてはなかった。／（こんな女に足をひっぱられるなんて）／冬美は自分に抱かれただけで満足すべきなのだ。（中略）／この女が、ごく自然にこの世から姿を消してくれる方法はないものか。加奈彦は冬美をみた。／この混雑した交通事情の中で、冬美はなぜ車にひかれて死なないのか。（『広き迷路』、新潮文庫、一九八七）

出世の邪魔になった女を、男はどうするのか？　物語は予想通りに進むかと思いきや、後半、あっけにとられる展開が待っていた。結末を明かすことになるので説明は差し控えるが、少女趣味的とも言える昼メロのごときストーリー展開に、筆者はついてゆけなかった。リアリティーがまったく感じられないのである。

「三浦には吐露すべき信仰の感動がある。それを吐き出しさえすれば、文章の巧拙、筋立ての不自然さなどを補って余りあるのではないか、ということになりかねないだろう」（『現代の作家101人』、新潮社、一九七五）と、評論家の百目鬼《どうめき》恭三郎《きょうざぶろう》が危惧したのも頷ける。さらに、三浦を肯定的に評価する評論家の久保田暁一《くぼたぎょういち》でさえ、「三浦はキリスト者を書く場合、理想的または善人的な人物として書いている。悪人のクリスチャンなどはまったく登場していない」(『三浦綾子の世界　その人と作品』、和泉書院、一九九六)と述べているのだ。

言い換えれば、三浦の作品に多くの読者がいるのは、彼女自身の善悪に対する素直さゆえに、物語が感動的に謳い上げられるからだ。つまり、作品世界の明快さとそれを支える確固とした信念が支持されるからこその人気なのである。

とはいえ、その作品にはしばしばミステリーの結構が取り入れられ、ストーリーの軸ともなっている。そうした物語の構造を支える論理的視点が、キリスト者としての立場ゆえに鈍ってしまうというのならば、そうしたスタイルをとり入れるべきではなかったと言わざるを得ない。(井上)

【著書】＊代表作のほとんどは文庫で読める

『氷点』(朝日新聞社、一九六五→角川文庫、一九八二)
『続・氷点』(朝日新聞社、一九七一→角川文庫、一九八二)
『広き迷路』(主婦の友社、一九七七→新潮文庫、一九八七)

加田伶太郎（福永武彦）

——純文学作家の見事なる余技

【かだ・れいたろう、一九一八（大正七）年三月十九日〜一九七九（昭和五十四）年八月十三日】

福岡県生まれ。本名は福永武彦《ふくながたけひこ》。東京帝国大学仏文科を卒業後、結核の治療のため、最初の妻である詩人原《はら》條《じょう》あき子の故郷、帯広へ疎開。英語教師として帯広中学校（現帯広柏葉高校）に籍を置きながら、文芸雑誌「北海文学」の編集に携わる。なお、疎開したその年に、息子・夏樹《なつき》（作家の池澤《いけざわ》夏樹）が誕生。その後、持病の結核が再発し、帯広に根を下ろすことなく、東京に戻って療養所生活を送る。一九五〇（昭和二十五）年にあき子と離婚し、ここで北海道との縁は切れた。その後、純文学作家として名が知られるようになり、一九五三年に『風土』、その翌年に『草の花』を発表し、高い評価を得た。

キャラクター造形の妙

加田伶太郎とは、純文学作家の福永武彦が探偵小説を書く際に使ったペンネームである。『福永武彦全小説』〈全十一巻〉（新潮社、一九七三〜七四）の第五巻が「加田伶太郎全小説」と題されているように、熱心な読者ならご存じのはずだ。

福永が探偵小説を書いたのは一九五六（昭和三十一）年のことである。雑誌「週刊新潮」に掲載された『完全犯罪』（一九五七）が評判となり、五年間に十一本の短編とSF作品一本を残して、福永（加田）の気まぐれは終わった。もともと無類のミステリー好きである福永は、書評集『深夜の散歩―ミステリの愉しみ』（講談社、一九七八）のなかで、探偵小説とは娯楽であり「文学的要素はいらない」と断じ、必要なのは「みそ」であると述べている。みそとは、「その小説に独特な魅力」のことを意味していると思われる。

では、加田作品の「みそ」とは何か。それは、練りに練ったトリックもさることながら、キャラクター造形の妙にある。ホームズ役の文化大学古典文学助教授・伊丹英典と、ワトソン役の助手・久木進を配し、探偵小説の古典的スタイルを踏襲しながらも、この二人の掛け合いが絶妙なのである。


「先生――。」／伊丹氏はおもむろに眼を開き、煙草の灰を落とし、「やあ君か、」と言った。／「やあ君かもないもんです。僕さっきから、先生が目を覚ますのを待ってたんですよ。」／「眠っていたわけじゃないさ。久木君はこういうことは出来るかね、巻煙草に火を点けて、最初の一服をやったら眼をつぶるんだ。それでぎりぎりの、指先が焦げる前に眼を明ける。この短い時間に精神が集中すると、実に驚くべき沢山のことが考えられるものだよ。」／「途中で火が消えたらどうなんです？」／「近頃は専売公社もいい品物を作るようになったから、まずその心配はないさ。時に何の話だったけ？」／久木助手はがっかりしたように、掌で膝を叩いた。／「先生、それはこれからなんですよ。ぜひ先生に、精神を集中していただきたいことが出来ちまったんです。それで先生の半睡眠的集中思考を、不本意ながら妨げたというわけです。」／「半睡眠的集中思考か。君も皮肉がうまくなって来たな。こんな春めいた夕暮れに、むずかしい議論は御免だよ。」／「先生の本職の方じゃありませんよ。例の推理の方です、」と助手は真剣そのものの顔つきで、伊丹氏の方に膝を寄せた。／「椅子から落っこちるなよ。宜しい、聞かせ給え。一体何ごとなんだね？・」（『失踪事件』〔『〈福永武彦全小説第五巻〉加田伶太郎全集』所収、新潮社、一九七四〕）

これは、ある学生が謎の失踪を遂げたことから、久木助手が伊丹の元へ調査依頼にやってくる場面である。加田の作品の面白さは、ストーリーもさることながら、こうした何気ない会話の一つ一つにあふれるウィットにある。それは、おそらく作者自身が楽しんで書いていたからであり、文と文の隙間から作者の軽快な息遣いのようなものが聞こえてくる。

「サナトリウム作家」とも呼ばれる福永武彦は、人生の大半を病気との闘いに終始した。本人も「作品は常に遺書の代わりだった」と述懐しているほどで、ゆえにその作風は、死を深く意識したものとならざるをえない。

そんな彼が、別人になりすまして探偵小説を書いた時期は、ちょうど結核が快癒し、再婚するなど、私生活が安定していた時期と重なっている。この心身の軽さが、彼にちょっとした遊び心を抱かせたのかもしれない。

とはいえ、これら作品は決して思いつきの所産ではない。事件の背景や登場人物の造形、トリックといった要素がバランスよく組み合わされ、作品としての完成度は高い。本格的推理小説の本筋を違えることなく、我々に謎解きの楽しさを提供してくれる加田作品は、名手・福永武彦の見事なる余技なのである。

（井上）

【著書】＊ほとんどは絶版だが、古書でなら入手可能

『完全犯罪』（大日本雄弁会講談社、一九五七）
『加田伶太郎全集』（桃源社、一九七〇）
『〈福永武彦全小説第五巻〉加田伶太郎全集』（新潮社、一九七四）
【収録作】〈ミステリー〉「完全犯罪」、「幽霊事件」、「温室事件」、「失踪事件」、「電話事件」、「眠りの誘惑」、「湖畔事件」、「赤い靴」〈ショート・ショート〉「女か西瓜か」、「サンタクロースの贈り物」〈ＳＦ〉「地球を遠く離れて」〈エッセイ〉「素人探偵誕生記」〈附録〉「完全犯罪」序　作者を探す三人の登場人物
『加田伶太郎全集』（新潮オンデマンドブックス、二〇〇〇）
『昭和ミステリ秘宝　加田伶太郎全集』（扶桑社文庫、二〇〇一）

寺久保友哉
――精神科医が仕掛けるミステリー

【てらくぼ・ともや、一九三七（昭和十二）年六月四日〜一九九九（平成十一）年一月二十二日】

東京都生まれ。北海道大学医学部在学中より、札幌の同人雑誌「くりま」に小説を発表しはじめる。卒業後、研修期間を経て、札幌市中央区の時計台そばに診療所「オフィス街クリニック」を開業。その傍ら、小説を書き続けた。一九七四（昭和四十九）年に『停留所の前』で第八回北海道新聞文学賞を受賞。一九七六、七七年には芥川賞候補に連続四回（第七十五回『棄小舟』、第七十六回『陽ざかりの道』、第七十七回『こころの匂い』、第七十八回『火の影』）ノミネートされた。また『翳の女』（一九七八）が、一九八七年に「恋人たちの時刻」（澤井《さわい》信一郎《しんいちろう》監督）のタイトルで北海道ロケにより映画化されている。

心の森を彷徨う

寺久保が残した作品は、精神科周辺の人々を扱った作品と、地元を舞台にした恋愛小説に大別できる。そのどこがミステリーなのかと思われるだろうが、それを説明する前に辞典を繰ってみたい。大辞林第二版（三省堂）の「ミステリー」の項には、「⑴神秘的なこと。不可思議。なぞ。⑵怪奇・幻想小説を含む、広い意味での推理小説」とある。江戸川乱歩は、「探偵小説とは難解な秘密が多かれ少なかれ論理的に徐々に解かれて行く経路の面白さを主題とする文学である」という。そうした視点から寺久保作品を見ると、ミステリー的要素があふれていることに気づかされるはずだ。

といっても、作中には刑事や探偵は登場せず、殺人事件も起こらない。ならば、寺久保が仕掛ける謎とは何か。まずは、澤井信一郎監督で映画化もされた『翳の女』（一九七八）を検証してみよう。

物語の舞台は札幌だ。医者を目指す予備校生の洸治は、清純を絵に描いたような娘マリ子のことが好きになる。ある日、洸治はマリ子から、高校時代の友人典子を探してほしいと頼まれる。典子を探すべく、洸治は彼女が失踪前に暮らした街・小樽へと向かう。そこで知った事実は、典子はマリ子と正反対の男を狂わす魔性の魅力を持つということだった。それを知ったマリ子は、急に典子を捜すのを止めてほしいと言い出す。しかし、すでに洸治は、まだ会ったこともない典子に強く惹かれはじめていた。

「山崎さんの友だちに頼まれて、さがしているんです」／女の顔に失望したという露骨な表情が、浮かんだ。／「どこへいったものでしょうか。部屋代も払わずに消えてしまったんですから。二年以上になるのに、手紙一本よこしゃしません。初めは殺されたのかって噂してたんですよ。あの子の付き合ってた連中が、連中でしたからね」／女は無遠慮な眼で、洸治をみた。／「…つき合ってた連中って」／「ヤクザなんでしょ。あたしも詳しいことは分からないけど、昼間っから女とふざけ合っているような人間に碌なものはいませんから」／「…山崎さんも」／「なまじ奇麗なもんだから、男が放っておかなかったのかもしれないけど、ひどかったね。バー勤めの女のひとも、ここにはいるけど、あの子みたいに自堕落なのは、ひとりだっていませんよ。女のあたしだって嘔気がするぐらいでしたから」／「…そんなにひどかったんですか」／洸治は呟くようにいった。（『翳の女』〈『恋人たちの時刻』所収、角川文庫、一九八六〉）

洸治は探偵ではない。しかし、まさに「人探しモノ」といわれるミステリー小説の結構を、この作品は持っていることがわかる。もう一つ、紹介しよう。

美奈は耳をおさえるように頭の方に手をやった。そして黒い怪物を憑かれたように見た。絶望的に、執拗にベルは鳴り続けた。それは美奈の精神を錯乱させる迄に執拗だった。／粘液的な、ねばねばした重苦しさでベルの音は私達を巻き込んだ。美奈にも私にもその音から逃れる出口はないかのように思われた。美奈は怪物の呻きに向かって歩もうとした。その美奈の瞳に涙の光は已《すで》になかった。これ迄私の見なかった厳しさが鋭く美奈の顔を支配していたのだ。／「美奈！　出てはいけない」／「あなたが長居を仕過ぎたのよ」美奈は突き放すように言った。／「美奈！」／「気易《きやす》く呼ばないで」美奈は冷たく笑うと言った。（『美奈』〈『恋人たちの季節』所収、角川文庫、一九八六〉）

これは、短編集に収められた『美奈』という作品である。本を巡って偶然知り合った、美奈という謎めいた女に翻弄される男の物語だ。典子、美奈……寺久保の作品には、こうした謎めいた人物がしばしば登場し、それは精神を病んだ不思議な世界の住人の場合も少なくない。そうした登場人物によってミステリーが仕掛けられ、読者は物語とともに深く暗い森のなかを彷徨うことになる。その鬱蒼とした森とは、人間の「こころ」そのものであり、謎でもあるのだ。

作者寺久保は、作品世界を通して女を疑い、患者を疑い、そして自分をも疑う。その「こころ」の深遠を探ろうとする終わりなき欲望に、読者は感能するのだ。寺久保作品の持つ怖さは、そこにある。

（井上）

【著書】 ＊ほとんどは絶版だが、古書でなら入手可能

『こころの匂い』（文藝春秋、一九七七）
『停留所前の家』（講談社、一九七八）
『恋人たちの時刻』（新潮社、一九七九→角川文庫、一九八六）
『飾り縫い』（潮出版社、一九八一）
『恋人たちの季節』（角川文庫、一九八六）
『愛は炎のように』（角川文庫、一九八七）
『蕪村の風影』（潮出版社、一九八九）

第三部　現役——日本ミステリーの一翼を担う

現役の第一線で活躍する、北海道出身の作家の名前を挙げてみるだけでいい。佐々木譲、今野敏、東直己、鳴海章、京極夏彦、そして馳星周である。この六人がいなかったら、日本のミステリー界はずいぶんと軽量になってしまうのではないだろうか。それに、評論の山前譲がいる。

注目すべきは、ますます東京一極が進む出版界にあって、東直己が一貫して札幌で頑張り、佐々木譲は中標津に仕事場を持ち、鳴海章が帯広に戻った。そうそう、時代小説だが函館には宇江佐真理がいる。実に心強い。

もちろん、「どこに住もうが小説を書くことはできる」ということは可能だ。しかし、北海道の読者が北海道出身の作家、特に在住の作家の作品を大事にしない傾向があるので、あえて一言いいたいのだ。

（鷲田）

I　第一線で活躍する作家たち

佐々木譲
今野敏
東直己
鳴海章
京極夏彦
馳星周

佐々木譲

――冒険小説から警察小説へ、「エースのジョー」誕生！

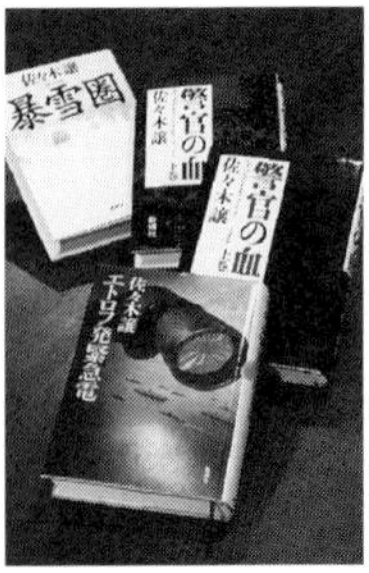

【ささき・じょう、一九五〇（昭和二十五）年三月十六日～】

夕張市生まれ。祖父と父はエトロフ（択捉島）で漁業を営む。出征した父は敗戦後、エトロフに戻れず夕張の炭鉱へ勤めた。三歳の時、札幌へ移住。月寒《つきさむ》高校を卒業後、札幌の広告代理店に勤め、上京して自動車メーカー（販売促進部）などで勤務する。一九七九（昭和五十四）年、『鉄騎兵、跳んだ』でオール讀物新人賞を受賞しデビュー。多産家であり、過去と現在にわたる「事件」をデータあるいは背景にしたハードボイルド・タッチの作品が多い。

第二次大戦下、国際謀略戦を軸にした三部作『ベルリン飛行指令』（一九八八）、『エトロフ発緊急電』（一九八九、日本推理作家協会賞・山本周五郎賞・日本冒険小説協会大賞受賞）、『ストックホルムの密使』（一九九四）で声価を高め、二〇〇二年には『武揚伝《ぶようでん》』で新田次郎文学賞を得て、歴史小説でも存在感を示す。さらに、道警シリーズ第一弾となった警察小説『うたう警官』（二〇〇四、後に『笑う警官』に改題）で新境地を開いてから、『警官の血』（二〇〇七）でその地位を決定的にした。魅力ある登場人物を配し、密度の高い端正な文章と読者を倦きさせない構成の妙をいかんなく発揮した諸作で、現在、最も精力的に活躍し、評価を得ている作家の一人である。一九九八年以来、北海道東端の中標津《なかしべつ》町に仕事場を持つ。

冒険小説の白眉『エトロフ発緊急電』

佐々木の作品は、特異とも思える題材を扱っても、少しもけれん味がない。叙述に誇張がない。正面から愚直なほどに、テーマを直押《ひた》しに押してゆく。そんな作品群のなかで、最も成功しているのが『エトロフ発緊急電』（一九八九）だろう。エトロフは、佐々木の祖父と父親が商・漁業を営み、公的機関である駅逓の取扱人でもあった地である。現在もロシアに占領されたままだが、格別の思いがある。その北辺の荒蕪地を、魅力ある人間たちの歴史舞台にすることができた有力因である。

フォックスよりぐうたら野郎《グーフボール》へ／四一年十一月二十三日二二〇〇時／日本海軍の大部隊が、前日より択捉島単冠湾に集結、現在もなお投錨中。集結艦船は、（中略）旗艦は空母・赤城とみられる。乗組員の上陸は皆無。単冠湾一帯に極端な通信管制。最高機密扱いの行動と思われる。（『エトロフ発緊急電』、新潮社、一九八九）

ついに賢一郎は、日米開戦を決意した日本海軍がその総力をもってハワイの米太平洋艦隊を急襲する（であろう）証拠をエトロフで目撃し、アメリカの諜報機関に打電することができた。これは、その第一信である。

賢一郎は日系アメリカ人で、スペインの対ファッシズム義勇軍に加わり、帰国後、ニューヨークやロスで請け負い殺人を犯して米諜報機関に拘引された。そして、「自由」と引き換えにサンディエゴで対日スパイに仕立てられ、ハワイ、マニラを経て横浜に潜入したニヒリストである。彼は東京の諜略活動で、択捉島に重大な海軍上の機密があるという確証をつかみ、特高の執拗な追撃を振り切って北辺の地である択捉に侵入したのだ。

その賢一郎とともに東京で対日諜報活動にたずさわるのが、南京大虐殺時に恋人を日本兵によって輪姦され殺されたスレンセン牧師と、朝鮮から強制連行されて炭鉱やタコ部屋にぶち込まれ、強制労働につかされたがそこから逃亡し、日本帝国の滅亡を願ってスパイ活動に加わった金森である。二人とも追い詰められ、金森は賢一郎を逃がして殺され、牧師は自死する。日米開戦間際のことで、クレムリンの密使・ゾルゲが摘発された時期とほぼ重なる。

この作品の魅力の一端を担うのが、駅逓取扱業を伯父から受け継いだ岡谷ゆきの存在である。ロシア男との混血女性だ。

> ただ通りいっぺんの、表層だけの触れ合いではなく、精神のもっと奥深い部分で他人と関わりたいと望んでいる自分を発見した。弱さも病もひっくるめた自分の人格のすべてで、誰かと関わりたいと願っている自分がいることを知った。ゆきはその具体的な相手のひとりだった。／よせ、と、もういっぽうで思った。／自分がここにいるのは、誰かに恋をするためでも、家庭の夢を見るためでもない。（『エトロフ発緊急電』）

しかし、賢一郎はゆきの願いを拒絶できず、熱い関係を持つ。そしてそれが、賢一郎の諜報活動の「成功」と、そして死につながるのだった。

文字通りの代表作『警官の血』

佐々木は、北海道警察本部を舞台にした警察小説『笑う警官』（『うたう警官』改題、二〇〇四）と『警視庁から来た男』（二〇〇六）を出した後、『警官の血』（二〇〇七）を上梓する。上・下巻あわせて八〇〇ページ近い大作で、佐々木の文字通りの代表作となるべき作品である。この時をもって私は、佐々木を「エースのジョー」と呼ぶことにした。

親から子へ、子から孫へとつながる、親子三代の警官物語である。警官としてその真相を探索しなければならない、隠された「事件」がある。それを探索して、父も子も死ぬ。

それにしてもこの三代の警官は、時代の違いというだけでは還元不能な、まったく違った人生設計とスタイルを持って生きる。

父・清二は文字通りの巡査だった。親子四人が安穏に暮らせる駐在所勤務が望みだった。しかしそれが叶った直後、不可解な死を遂げる。息子の民雄も警官になるが、成績優秀ゆえに公安のスパイとして北海道大学に入学。過激派学生運動に潜入して成果をあげた後、ようやく「希望」の駐在所勤務になるが、殉職する。孫の和也はキャリア組のエリート警官で、直属の上司の監視、摘発という特命を受ける。清二は敗戦直後から一九五〇年代を、民雄は六〇年代末から八〇年代を、和也は「現在」を生きる警官である。

三代のなかで最も苛酷だったのは、民雄の警官人生だろう。父親が不可解な死（事故死あるいは自殺）として片付けられた。父のようになりたいと警察学校に入ったのに、優秀がゆえに公安のスパイ活動に奔命しなければならなくなる。大きな成果を収めたものの、心身共にずたずたになり、病気療養の後、ようやく通常の警官勤務に復帰した。父の同期の警官《おじ》たちの手引きで、どうやら希望が叶う段取りができそうになる。香取、早瀬、それに亡くなった窪田は、父の警察学校同期である。

香取が言った。／「親父さんの警官人生は、お前と同じような歳で、あの駐在所で終わった。お前があとを継げ。親父さんが目指したような駐在警官になれ」／「はい。配属されたら、全力で」／早瀬が首を振った。／「警官の仕事に、気負いは要らない。あたりまえの駐在警官の仕事を、必要十分なだけやればいいんじゃないか」／香取が、それには同意できないとでも言うように唇をすぼめてから言った。／「とにかくうち〔引用者注・の署〕にきて、神経症のほうを完治させろよ」／どうやらこれは、おれの夢が現実化しそうだということか。警察学校を受験したときからの夢が、ようやく叶うということだろうか。だとしたら、おれの神経症は劇的によくなるのではないだろうか。少なくとも、妻に手を上げたりすることはなくなりそうだ。もし癇に障るようなことがあったとしても、余裕でやり過ごせるはずだから。／民雄はテーブルに両手をつき、目の前のおじたちに深く頭を下げた。（『警官の血』、新潮社、二〇〇七）

だが、父と同じ駐在所に勤務したことをきっかけに、父の死の原因を探索するようになったことで、民雄は「殉職」を遂げざるをえなくなる。

そして、三代目の和也は、上司を摘発すると同時に、祖父と父の「血」で贖うこととなった事件の真相を明らかにする。「警官の誇り」を取りもどすためだ。

作品の核心にあるもの

『警官の血』は、「警官とは何か」と問いただす小説でもある。

その巻末部で、和也は力強くいう。「警官のやることに、グレーゾーンなんてない。少しだけ正義、少しだけワル、なんてことはないんだ」「おれたち警官は、境目にいる。白と黒、どっちでもない境目の上に立っている」「おれたちのやっていることが市民から支持されているかぎり、おれたちはその境目の上に立っていられる。愚かなことをやると、世間はおれたちを黒の側に突き落とす」。すべてが、世の中の支持次第である。「それが警官だ」。

佐々木が描く警察小説は、よくあるような反警察小説でもなければ、超人的な警官(例えば大沢在昌『新宿鮫』の鮫島)小説でもない。「境目」にこだわる警察小説である。警官も等《ひと》し並みの人間である。その「設定」に好感と支持を送りたい。

しかし、同時に問わなければならない。市民や世間の「支持」とは何だろう。「世評」や「世論」のことだ、などといって済ますわけにはいかない。世論や市民は実に扱いにくい。熱を帯びると暴走する。しかも簡単に冷却し、まったく反対のほうに向きを変える。和也の警官としての誇りや確信は、その時その時の、世の中の動向次第で変わるものではないだろう。

いいたいことは、こういうことだ。佐々木の物語の背景にある時代認識には、ステレオタイプを免れていない叙述が混入しているということである。一九七〇(昭和四十五)年を挟む学生運動を煽動したマスコミや世論が、一転、あっという間に火消し役に転じていった。この「変化」も実にステレオタイプであった。確かに、誰にしろステレオタイプを免れることは難事だ。佐々木がそんなご都合主義の「一転」を容認しているなどといいたいのではない。

作者は自分の提出する「認識」が、どの程度ステレオタイプであるかということを反芻している必要がある、といいたいのだ。作者が「境目」をいい、「市民」や「世間」の支持云々をいうのなら、この反芻を避けるわけにはいかない。

佐々木の警察小説や諜報小説の核心にあるものは、世論や時代認識ではない。壮大な事件を背景にするとはいえ、登場する主人公個人の生き方や体験、実感である。それゆえに、読者は安んじてその物語に同感でき、興奮することができるのである。


三代の警官で一番幸福そうに見えるのが、衣食住すべてに困窮を極めた清二とその妻の生活である。雨風を凌ぐところがあり、明日の食べ物を心配しなくてもいい「安定」した生活を望んで、清二は警官になる。子どもができ、一家安住の地がほしいために「住居」付きの駐在所勤務を望む。慎ましいが必死である。

作者の叙述が最も光彩を放つのが、現在でも、若き日の作者が身近にした六〇〜七〇年代でもない、敗戦直後の混乱期であるということが実に印象深い。話を戻せば、『エトロフ発緊急電』の択捉島の素寒貧な生活と同じようにだ。

だが、これはテーマの違いから来ているのだろう。「警官」の「血」がはじまる時期が、日本の敗戦(「国家」破壊)直後に当たるからだ。「血」の原点である。従って、テーマも時代背景も異なる『笑う警官』では、当然、現在の札幌とそこで生きる警官たちが、光彩を放って立ち現れる。

(鷲田)

【著書】＊代表作のほとんどが文庫化されている。ここではミステリーと警察小説を中心に示す

国際謀略ミステリー

『夜を急ぐ者よ』（集英社、一九八六）
『ベルリン飛行指令』（新潮社、一九八八→新潮文庫、一九九三）
『エトロフ発緊急電』（新潮社、一九八九→新潮文庫、一九九四）
『夜にその名を呼べば』（早川書房、一九九二→早川文庫、二〇〇八）
『ストックホルムの密使』（新潮社、一九九四→新潮文庫〈上・下〉、一九九七）
『ワシントン封印工作』（新潮社、一九九七→新潮文庫、二〇〇〇）

警察小説

『笑う警官』〈『うたう警官』改題〉（角川春樹事務所、二〇〇四→ハルキ文庫、二〇〇七）
『警視庁から来た男』（角川春樹事務所、二〇〇六→ハルキ文庫、二〇〇八）
『警官の紋章』（角川春樹事務所、二〇〇八）
『制服捜査』（新潮社、二〇〇六→新潮文庫、二〇〇八）
『警官の血』〈上・下〉（新潮社、二〇〇七）
『暴雪圏』（新潮社、二〇〇九）

その他

『黒頭巾旋風録』（新潮社、二〇〇二→新潮文庫、二〇〇五）＊北の大地を駈ける正義の味方
『疾駆する夢』（小学館、二〇〇二→小学館文庫〈上・下〉、二〇〇六）＊自動車製作に魅せられた男の物語。作者の「原点」がある
『わが夕張　わがエトロフ』（北海道新聞社、二〇〇八）＊初のエッセイ集

今野 敏

――「自立自尊」の生き方を貫く

【こんの・びん、一九五五（昭和三十）年九月二十七日〜】

　三笠市生まれ。本名は敏《さとし》。函館ラ・サール高校を経て、上智大学文学部新聞学科に入学。在学中の一九七八（昭和五十三）年、『怪物が街にやってくる』で問題小説新人賞を受賞する。卒業後、レコード会社の東芝ＥＭＩ勤務（ディレクター）を経て作家専業となり、一九八二年に『ジャズ水滸伝』（講談社）で文壇デビュー。多作家で、これまでに百数十冊の本を出している。

　書き下ろし『蓬莱《ほうらい》』（一九九四）で注目されるが、マニア好みの作品である。そのミステリーの人気を決定づけたのは、「警視庁強行犯係・樋口顕《ひぐちあきら》」シリーズの『リオ』（一九九六）であり、『朱夏《しゅか》』（一九九八）であった。二〇〇六年、警察小説『隠蔽捜査《いんぺいそうさ》』で吉川英治文学新人賞を得たのが最初の大きな賞である。二〇〇八年、『果断―隠蔽捜査2』で山本周五郎賞と日本推理作家協会賞を得てブレーク。キャリア警察官僚を主人公とするこのシリーズは、警察小説の新しい一頁を開いたと言っていい。日本空手道常心門三段、常心流棒術準五段の実力の持ち主で、「空手道今野塾」を主宰する。

二つのシリーズで描く、好対照の警官像

今野は多作家だ。これまでに、さまざまなジャンルの作品を書いてきたが、ミステリーではなんといってもその主人公が魅力的に描かれている。「警視庁強行犯係・樋口顕」シリーズの主人公・樋口顕警部補と、『隠蔽捜査』のキャリア官僚・竜崎伸也警視長の二人だ。係長として現場を差配する指揮官と、検察庁官房総務課長から大森署署長に降格になったとはいえ官僚出身の指揮官とでは、地位も違えば性格も違い、好対照をなす。

『朱夏―警視庁強行犯係・樋口顕』(一九九八)は、樋口の妻が誘拐された(らしい)ところからはじまる。同時に、警視庁警備部長に脅迫状が舞い込み、樋口はその担当になる。妻は自分の手で救出しなければならないが、そちらのほうに時間を割けるのは二日間だけ。時間がないのだ。また、妻の誘拐・失踪とあって届けるわけにもゆかない。寸時をぬって隠密捜査をしなければならない状況に、樋口はおかれた(以下はネタバレの可能性があるので、未読の方は注意されたい)。

樋口は言った。／「失敗は許されない。あらゆる意味で、もし、××が犯人なら、失敗は女房の身の危険を意味する。犯人でないのなら、刑事を目指している優秀な若い警察官を傷つけることになる」／「容疑を掛けられるくらいで傷ついていちゃ、刑事なんかにはなれないだろう」／「あいつはなぜか私のことが気に入っている。その私があいつを疑っていることを知ったら、当然傷つくさ」／「だが、犯人だったらどうするんだ?」／「だからさ……。言い訳を許さないところまで追い

詰めなければならない」／「時間がないと言ったのは、あんただぞ」／「××の身辺を洗おう。場合によっては尾行も必要だろう」／氏家は溜《た》め息をついた。／「わかった。それが刑事のやり方なら従おう」（『朱夏―警視庁強行犯係・樋口顕』、新潮文庫、二〇〇七）＊伏字は引用者による

妻捜索の隠密捜査に助力を願える唯一の友人氏家（荻窪署生活安全課巡査部長）が、××を締め上げよう、というのに対する樋口の反応だ。妻と××を両天秤にかけてしまう、それが泣く子も黙る「警視庁強行犯係」を率いる係長の性格である。ただし、これを「弱い」性格だとはいえない。作者もそのようにいっていない（はずだ）。樋口は刑事として決して無能ではない。自分では刑事に適応不能と思っている点もあるが、むしろ有能で周囲の評価は高い。だからこそ、一方の天秤だけに「成否」を掛けることはできないのだ。

対して、『隠蔽捜査』（二〇〇五）に登場するキャリア官僚の竜崎は、一見して白髪まじりの冴えない四十七歳（第一作目）の中年男である。だが、官僚は常に国家のことを第一に考え、行動すること、そのために「命」惜しみをしないことを自分の信条にしている。東大法学部卒で、現場を踏んだ経験はほとんどないが、必要ならば現場の指揮官になることを躊躇しないし、その決断に責任を取ることも厭わない。ヒラメのように上の方ばかりを見ている高級官僚の通弊を免れている。むしろ、硬骨漢といっていいだろう。

現役の警官が連続殺人事件を起こす。刑事局も警務部も違法取り調べで「警官の犯罪」であること

を隠蔽しようとする。世論の警察組織全体に対する批判と、その責任が自分たちに及ぶことを免れるためだ（以下はネタバレとなるので、未読の方は注意されたい）。

事件と並行して、息子が麻薬を吸引している現場を竜崎自身が押さえる。ことが公になれば、竜崎は処分を逃れることはできない。これも、警察組織全体に対する批判に発展する可能性がある。竜崎の同期で友人の刑事部長は、息子の事件をもみ消す代わりに「隠蔽捜査」を看過しろと迫る。それをはねつけた竜崎は、上司（警視監）に「隠蔽捜査」は事態を一層悪化させるといった上で、泥は自分が被る覚悟を表明する。

「ばかな……。そんな覚悟ができる役人などいるはずがない。つまり、役人として死ねと言われているのと同じことなんだぞ」／「どうせ、私にはもう未来はないかもしれないのです」／「何を言ってるんだ？　伊丹と何かあったのか？」／「いえ、私個人の問題です」／「個人の問題……？」

（『隠蔽捜査』、新潮社、二〇〇五）

現場警察官の不祥事、それに警察官僚の家族の不祥事――この事態にどう対処するのか？　竜崎がとった道は、いかにも竜崎らしい。息子の件をもみ消しては、という上司に対し、二つの不祥事のもみ消しは最良の方法ではないし組織全体の利益にもならない、という認識を披瀝する。上司は反対しないが、これは責任が自分に及ぶことを避ける条件付きでのことだ。

隠蔽を主張する伊丹刑事部長を前にして、竜崎はいいきる。

「本物の官僚は損得など考えない。どうしたらシステムが効率よく本来の機能を果たすかを考えるんだ」（『隠蔽捜査』）

事を隠蔽し、結果を糊塗するのは、警察機能の効率を悪化させる原因である、というのである。息子の不祥事で竜崎はやけになっているのか。ケツをまくったのか。そうではない。組織を守り、その機能回復を図る官僚として、当然果たすべき処方箋を提出しているのだ。同時に家族の長として、現在、自分が取り得るベターな道を示しているのだ。

二つの不祥事は、果断に過ぎるとも思える竜崎の主張が通り、大火には至らなかった。しかし、竜崎はキャリアの階梯を滑り落ち、大森署に署長として左遷される。同時に警察機能は回復し、家族も正常化への道を歩みはじめるのだ。

竜崎の言動は、肝心要の困難を避けるな、である。それを自分にも、警察組織にも、市民にも要求することを躊躇しない。

ミステリーと倫理の密なる関係

竹内《たけうち》靖雄《やすお》『ミステリの経済倫理学』（講談社、一九九七）という本がある。その真似ではないが、筆者は『ミステリの倫理学』を書こうとして準備をしたことがあった。原寮『私が殺した少女』（一九八九）やウンベルト・エーコ『薔薇の名前』（一九九〇）を配したなかなかのものだと自分では思っている。だが、途絶したままだ。

もし、『隠蔽捜査』を読むことができていたなら、エリート指揮官の思想や行動、公務と家庭との関係など倫理の基本問題の一つを、スムーズに書くことができたかもしれない。それはともかく、このシリーズはミステリーと倫理との密なる関係を鮮やかに提示している、とまずはいってみたい。

第一は公人の倫理である。竜崎は、「公」を愚直なほど正面から見据えている。それは公私にわたって困難を強いるものだ。だが、困難から逃げない。もちろん怯むこと、糊塗してなんとかやり過ごせないものかを考えないわけではない。が、一瞬のことである。まさに「果断」なのだ。

別に難しいことではない。損害を最小限度に食い止める方法を選択するだけのことだからだ。組織も人間も正常に機能するためにである。正常を回復するベターな方法をだ。そのためには「自己犠牲」を厭わない。この困難を支えているのは、「自尊」である。

作者・今野は、『果断―隠蔽捜査2』が山本周五郎賞を受賞した際のインタビューで、「理想」は竜崎の生き方だが、わたし自身は樋口の生き方に近いと語っている。いずれにしろ、「自立自尊」という生き方をベストのものとしているように思える。

(鷲田)

【著書】＊代表作の多くが文庫化されている。ここでは警察小説の三シリーズを示す

安積警部補シリーズ

『二重標的(ダブルターゲット)』〈『東京ベイエリア分署』改題〉(大陸書房、一九八八→ハルキ文庫、二〇〇六)
『虚構の殺人者』〈『虚構の標的』改題〉(大陸書房、一九九〇→ハルキ文庫、二〇〇六)
『硝子の殺人者』(勁文社、一九九一→ハルキ文庫、二〇〇六)
『蓬莱』(講談社、一九九四→講談社文庫、一九九七)
『警視庁神南署』(勁文社、一九九七→ハルキ文庫、二〇〇七)

『残照』（角川春樹事務所、二〇〇〇→ハルキ文庫、二〇〇三）
『陽炎』（角川春樹事務所、二〇〇〇→ハルキ文庫、二〇〇六）
『最前線』（角川春樹事務所、二〇〇二→ハルキ文庫、二〇〇七）

警視庁強行犯係・樋口顕シリーズ

『リオ』（幻冬舎、一九九六→新潮文庫、二〇〇七）
『朱夏』（幻冬舎、一九九八→新潮文庫、二〇〇七）
『ビート』（幻冬舎、二〇〇〇→新潮文庫、二〇〇八）

神崎伸也警視長シリーズ

『隠蔽捜査』（新潮社、二〇〇五→新潮文庫、二〇〇八）
『果断―隠蔽捜査2』（新潮社、二〇〇七）
『疑心―隠蔽捜査3』（新潮社、二〇〇九）

東 直己

——日本ハードボイルドの巨艦

【あずま・なおみ、一九五六（昭和三十一）年四月十二日～】

札幌市菊水《きくすい》生まれ、白石本郷《しろいしほんごう》育ち。父は戦中に通信兵補として転戦した経験を生かし、電電公社（現ＮＴＴ）に勤務した。札幌東高校卒、小樽商科大学、北海道大学文学部哲学科をそれぞれ中退。その後、定職に就かず、ススキノを根城とするフリーター状態を続けながら、『北方文芸』などに作品を発表する。作家として立つまでのトレーニング期間は長かったが、一九九二年、「ハヤカワ・ミステリワールド」の一冊に抜擢され、『探偵はバーにいる』でいきなりデビューを果たす。札幌在住のまま、エネルギッシュかつコンスタントに作品を発表し続けてきた。二〇〇一年、『残光』（二〇〇〇）で日本推理作家協会賞を受賞し、その作風に一層の広がりと深まりを見せている。缶ピースを片手に、晩秋でもアンダーシャツ一枚で平気で闊歩する巨体の持ち主だったが、軽度の脳梗塞に見舞われた後は、薄着を控えタバコもやめている。

ハードボイルドの幅を広げた、名無しの探偵

デビュー作『探偵はバーにいる』で、名無しの探偵の一日はこんな具合にはじまる。第一作目では

二十八歳である。

目を醒ましたのは十時過ぎだった。美恵子はいない。仕事に行ったんだろう。当たり前だな。俺は今日一日の時間の潰し方の予定を立てた。昼過ぎに岡本の部屋に遊びに行ってオセロをする。夕暮れに駅前にある某社の玄関に立ち、営業三課の課長とかいう四十二歳の男を捕まえる。別に荒っぽいことをするワケじゃない。ショー子というホステスがあんたの溜めたツケのせいで少し困ってる、と穏やかに教えてあげるだけだ。その後、七時に待ち合わせの約束がある。ススキノの真ん中にある喫茶店で、江別《えべつ》の中学校の教頭センセが待っているはずだ。彼は先週の金曜日、見知らぬ女につい誘われて裏小路の暗いところにある店でビールを飲んでオバサンの乳房を二回握り、ズボンの上からチンチンを約六秒ほど握らせ、ケの生え際をちょっとさすったらいきなり二十五万円請求され、クルマの免許を取り上げられたというミジメなゲスだ。この低能教頭が引きずり込まれたという店のオヤジとは全然知らない仲でもないから、三万円までは落としてやれるだろう。俺の手数料と合わせて、二十五万円が六万円になって、この後ずっと安心できるんだから安いもんじゃないか。俺は基本的に、このテの罠にはまるようなクズには何の同情も感じないが、ま、楽しくおしゃべりして三万円が入るんだから、暇潰しとしては悪くない。(『探偵はバーにいる』、早川書房、一九九二)

この探偵、ハードボイルドタッチを決め込んで大口を叩いているようだが、金が入るなら仕事を選ばない。正直なところ選べない。困っているヤツがいたら、見て見ぬふりができない。というか、困ったヤツがいないと仕事が細り、自分が困ってしまうのだが。だから、なんでもやる「便利屋」でゆくしかない。

しかし、探偵を名乗るからには、かっこよくなくてはいけない。客がつかないからだ。だから、いつもはケラー（バー）のカウンターでイキを決めこんで飲んでいる。それでというわけでもないが、いつも二日酔い状態だ。頭の方は多少ともいいし、軽口よりは遅いが、よくまわる。だが、ススキノの探偵だ。大切なことは、ヤクザ屋さんに怯んでいては仕事ができないということ。口で相手を呑むだけでなく、腕力で圧倒できなくてはやっていけないのだ。

事実、かなり強い。一対一ならヤクザにだってだいたいのところ負けない。とはいえ、武器を取らないが信条だから、多勢に無勢の時は友人の高田（大学院生）に加勢を求める。こいつの空手がメチャ強い。そんな便利屋にも、大きな仕事が入ることがある。人の生死にかかわる事件だ。最初の大事件はデートクラブでの殺人だった。

ハードボイルド探偵というと、現在では原尞と大沢在昌が作り上げたイメージがその代表格だろう。細身でかっこよく、軽口を叩かない、特定の女以外には気を許さない、それに一匹狼である。文字通り「固ゆで卵」だ。ところが、東が生んだこの名無しの探偵は、太身で、軽口で、イイ女ならすぐに気を許し、無二の友人の他にも雑多な仲間がいる。原の「沢崎」や大沢の「鮫島」とは対極的なスタイルなのだ。

じゃあ半熟卵かというと、そんなことはない。芯が硬いから、柔軟にやってゆくことができるということだ。固ゆで卵（ハードボイルド）にグンと幅を与えたのが、東探偵小説の第一の功績である。

『残光』でハードボイルドを極める

東には四つの探偵シリーズがある。どのシリーズも面白いが、『残光』は榊原「探偵」がメインで、名無しの探偵が「相棒」役を演じ、東作品にたびたび登場する桐原（地元ヤクザの親分）が脇を固めるという豪華版だ。

榊原健三は、第一作の『フリージア』で登場した時から、抜き身のまま疾駆する正真正銘のハードボイルドである。元ヤクザで、自分が恋した女（今も恋している）、多恵子とその家庭を脅かすものを、誰であれどんな手段を使ってであれ、排除することを厭わない「殺し屋」だ。

その榊原が、『残光』で再登場となった。榊原は、抜き身を鞘に収める形で山奥に生きていた。十年間もだ。だが、多恵子の息子・恵太が拉致されたことをテレビで偶然知り、札幌に向かったものの、拉致事件は解決する。ドスを振り回さなくてもよかったのだ、と榊原は安堵するが、そうはゆかなかった。恵太がヤクザと警官につけねらわれていたのだ。榊原は、最初は恵太と二人で、途中から名無しの探偵と三人で逃避行を続けなければならなくなる。追うのは、関西から進出した大組織と提携する地元組織と、それと結びついた道警の腐敗分子であり、背後に道内一の銀行の意向がある（らしい）。

榊原は何度も死地をかいくぐらなければならない。一人ではなく、足手まといの恵太を抱えているからだ。その恵太が拳銃を構えた敵、青柳（腐敗刑事）の手にある。最初の絶体絶命のピンチである。

健三は、燃え上がる怒りとともに、見つめていた。隙はないように思える。残念ながら。こっちに近付こうとはしない。その程度の用心はできるやつらしい。どう出るのか。俺に投降を命じるか。それならまた新たな展開が望めるが、それは考えていないようだ。俺を撃つか。それとも、先に恵太を撃つか。／先に撃つのは、俺の方だろう。とすれば、まだこちらに勝機はある。……恵太の命を考慮に入れなければ。／この男は、最低限、ひとり、殺せる。俺が先にやられれば、恵太も死ぬ。恵太が先にやられれば、今までの全ては無駄になる。／健三は、黙って男を睨み続けた。その勝ち誇った目を、怒りを込めて睨み続けた。（『残光』、角川春樹事務所、二〇〇〇）

健三はただ睨み続けるしかない。その心拍数が高まるのに比例するかのように、文章が短くなる。切迫した場面である。この切所《せっしょ》を救ったのが、名無しだ。重い体重を引き上げながら階段でようやく屋上階まで辿り着き、突然、ドアを開けた。青柳の注意が殺がれる。

最終場面での絶体絶命も、同じような構図になる。窮地に立たされるのは、健三、名無し、恵太、等々で、敵はやはり勝ち誇って拳銃をぴたりと健三に向けている青柳である。このピンチを誰がどうやって救うのか（それは読んでのお楽しみだ）。

誰も「抜き身」の男を愛することができても、触れることはできない。そんな男である榊原が、唯一人の女のために生死を的にするのである。この小説こそハードボイルドの極致だろう。

奇妙な小説たちが持つ意味

東と同世代の佐々木譲、今野敏、鳴海章たちは、大衆小説一本でやってきた。しかし東には、『ライダー定食』（柏艪舎、二〇〇四）に収録されたデビュー前の奇妙な小説群（『納豆箸牧山鉄斎』や『炭素の記憶』）がある。多くの人が読むという意味での大衆小説の範疇には入りにくい、そう内田百閒《うちだひゃっけん》の小説に通底する味わいを持つ作品だ。

ただし、これらの作品が「純文学」で、ミステリーより純度が高いだの、ミステリーを書いたのは「堕落」であるなどといいたいのではない。文字で書かれた小説だけが醸しだすことのできる絶妙な空気を、色や臭いを、東の作品はもともと備えていたのだ、といいたいのである。

本人にとっては習作期の作品であり、人に見られるのはもとより、自分で読み返すのさえ恥ずかしいと思ってきたものだろう。しかし、長い時間を経てから取り出して読むと、これが下手さよりも、「新鮮」さやいい味が出ていることの方をより強く感じる場合がある。それによって、現在の作品は古い作品なしにはありえなかった、と納得できるわけだ。

東は、自分の作品をことのほか大切にする作家の一人だろう。これは大切なことだ。その時その時の仕事に、全力で取り組んできた証でもある。言い添えておくと、一九八三（昭和五十八）年に出された連作短編集ともいうべき『さけの呑み方』（高杉事務所）もまずくはない。

作家を目指すことと、作家になることの間には、各人各様だが大きな裂け目がある。東のように札幌で習作期を過ごすのは、場所的不利は否めない。しかし、東には上京できない動かし難い理由があった。その困難な条件を突破してデビューを果たした。幸運であった。

デビューするだけなら、かなりの人にも可能だろう。しかし、東は職業作家になったのである。多作と水準をゆく作品の質が求められる。もはや幸運だけでは済まないのだ。
その道を辿って、十五年が過ぎた。

（鷲田）

【著書】＊ほとんどは文庫化されている。ここでは探偵小説の四シリーズを中心に示す

名無しの探偵シリーズ

『探偵はバーにいる』（早川書房、一九九二→ハヤカワ文庫、一九九五）
『バーにかかってきた電話』（早川書房、一九九三→ハヤカワ文庫、一九九六）
『消えた少年』（早川書房、一九九四→ハヤカワ文庫、一九九八）
『向う端にすわった男』（早川書房、一九九六→ハヤカワ文庫、一九九六）
『探偵はひとりぼっち』（早川書房、一九九八→ハヤカワ文庫、二〇〇一）
『探偵は吹雪の果てに』（早川書房、二〇〇一→ハヤカワ文庫、二〇〇四）
『駆けてきた少女』（早川書房、二〇〇四→ハヤカワ文庫、二〇〇六）
『ライト・グッドバイ』（早川書房、二〇〇五→ハヤカワ文庫、二〇〇七）
『探偵、暁に走る』（早川書房、二〇〇七）

榊原健三シリーズ

『フリージア』（廣済堂出版、一九九五→ハルキ文庫、二〇〇〇）
『残光』（角川春樹事務所、二〇〇〇→ハルキ文庫、二〇〇三）
『疾走』（角川春樹事務所、二〇〇八）

畝原シリーズ

『待っていた女・渇き』〈『渇き』改題〉（勁文社、一九九六→ハルキ文庫、一九九九）
『流れる砂』（角川春樹事務所、一九九九→ハルキ文庫、二〇〇二）

『悲鳴』（角川春樹事務所、二〇〇一→ハルキ文庫、二〇〇四）
『熾火』（角川春樹事務所、二〇〇四→ハルキ文庫、二〇〇六）
『墜落』（角川春樹事務所、二〇〇六→ハルキ文庫、二〇〇九）
『挑発者』（角川春樹事務所、二〇〇七）

法間シリーズ

『逆襲』（光文社文庫、二〇〇一）
『古傷』（光文社文庫、二〇〇四）

『ライダー定食』（柏艪舎、二〇〇四→光文社文庫、二〇〇八）＊デビュー前の作品を収録

鳴海 章
——故郷に戻り、新境地を開く

【なるみ・しょう、一九五八（昭和三十三）年七月九日～】

帯広市生まれ。本名は三井章芳。帯広柏葉高校を経て、一九八一（昭和五十六）年に日本大学法学部を卒業後、ユナイトＰＲ社に入社する。一九九一年、『ナイト・ダンサー』で江戸川乱歩賞を受賞し、文壇デビューを果たす。その出世作の流れもあって、初期は特に航空サスペンスのシリーズが多い。一九九七年、東京から郷里の帯広に戻った後も、旺盛な作家生活を続けている。二〇〇二年、警察小説に新境地を開いた『ニューナンブ』を発表。その他、狙撃・テロシリーズや『真夜中のダリア』（一九九八）のような犯罪小説、あるいは私小説的な作品に加え、二〇〇一年に映画化された『風花』（一九九九）や郷土文化とでもいうべき『輓馬』（二〇〇〇、「雪に願うこと」の題名で二〇〇六年に映画化）なども発表している。

パイロットのプロ意識が見所の『ナイト・ダンサー』

鳴海もまた、佐々木や今野、東に劣らず多産家である。そのなかから、ミステリーに的を絞って二冊を選ぶのは、鳴海の場合はさほど難しいことではない。

一冊目は、江戸川乱歩賞を受賞した『ナイト・ダンサー』（一九九一）である。NY行のM航ジャンボ機が成田を飛びたった。その貨物室に不法に積みこまれていた、アルミ合金をとかす特殊細菌入りの試験管が気圧の低下で壊れ、細菌があふれだして油圧システムを破壊し、飛行に困難が生じた。

ジャンボは引き返さなければ航行不能になり、墜落する。問題はどこに降りるかだ。滑走路の長さが要求される。一つだけ、放置されたままだが、十勝にスペースシャトル基地用の滑走路がある。ふらつきながら、ジャンボは管制塔もない滑走路に飛び込んでゆく。だが機体が停止しない。このままだと突っ込んで炎上必至だ。どうする……。

「ジャンボをスピンターンさせてみようと思います」／（中略）／凍った道路で自動車がくるりと反転する、あれですよ／（中略）「このまま飛び出せば、爆発炎上は免れないでしょう。やってみるだけの価値はあると思いますよ。我々は油圧装置にガタのきた彼女を飛ばして、ここまで来た。しかも着陸までやってのけたのです」／（中略）／「しかし、失敗すれば？」／（中略）／「滑走路端を飛び出す時も同じだよ。どっちにしろ、我々は同じ運命の上に立っているのかも知れない」／（中略）／「やろう」（『ナイト・ダンサー』、講談社、一九九一）

日米の軍事機密の謀略戦がある。機密を保持するために、日米の政府トップを巻き込んだ両軍の激突がある。米の謀略に金で買われたナイト・ダンサーがいる。その攻撃を阻止しようという航空自衛隊の精鋭がいる。空中戦が華々しく演じられる。しかし、そんな国際謀略戦よりも、もっと読者を引きずり込む感動がある。最後まで諦めずにジャンボ機を地上に戻そうとする人々、とりわけジャンボ機の操縦士たちの奮闘である。操縦士を援護する人たちがいる。彼らに共通するのは、非常に単純化していえば、職業（プロ）意識である。

この作品は、航空機マニアにとって細部にこだわった面白い仕上がりになっている（のだろう）が、航空機や戦闘機に素人の読者にとっては、かなり読みにくい作品になっている。いわゆる「専門用語」（ターム）が多過ぎるからだ（その用語がなければリアリティーが殺がれるのも事実だ）。しかし、著者も述べているようにこれを、一九八五（昭和六十）年に羽田空港を離陸し、四十四分（も）飛んだ後、群馬と長野の県境にある御巣鷹山に墜落したボーイング７４７において、驚異的な努力、能力で乗客を助けようと力を尽くしたパイロットのプロの手腕を思い起こしつつ読めば、前述の読みにくさが別様に感じられるはずだ。

警官の境目を描く『ニューナンブ』

狙撃や爆弾による犯罪・テロ小説を数多く書いてきた鳴海が、警察小説を書き下ろした。『ニューナンブ』（二〇〇二）である。犯罪小説を多数書いてきたのだから、書きにくいことはなかっただろう。それも警官の犯罪小説である。だが、警察小説である。犯罪を阻止する人間と組織の物語だ。ここでも、作者が問題にしているのはプロ意識である。警官が警官でなくなる「境目」はどこか、である。

払暁直前、銃殺事件が起こる。被害者は社会の敵・クズだ。連続事件に発展する。死体が奇妙だった。口に拳銃をくわえる形で射殺されている。北守刑事が目撃したはずの銃弾が消えた（ようだ）。なぜか？　当然、拳銃の特定ができない。日本警察が携帯しているニューナンブとも異なる(ようだ)。事件の鍵は、銃痕を探しだし、銃弾を見つけ、拳銃を特定することにある(らしい)。

ところが半月後、同じような死体が現れた。同じ犯人による犯行である。三人目の死体と同一犯による警官の死体が現れたところで、ようやく犯人像が絞り込まれた。次の標的を求めて北に飛んだ犯人を追い、北守刑事が札幌に車を走らせる――。

連続殺人事件が重要なのは、使われた拳銃が「警察」から消えた銃であったことだ。保管責任の課長と、犯人と疑われた刑事がすでに自死している。これは警察の不祥事から起こった事件で「隠蔽捜査」になる。それと気づいた北守は、本庁の幹部になっている兄を脅すことまでして、単独で捜査を続けようとする。

しかし、その北守の「身辺」が危うい。麻薬事件で挙げられた女・裕美を愛し、囲い、その女に麻薬を回し、廃人同然にしているのだ。彼もまた警官の「一線」を越えている。女も助けなければならない。同時に北守には、警官であることに踏みとどまらなければならない理由がある。新米の時、同僚が奪われた拳銃を突きつけられ、不発で一命を拾った経験だ(これ以上を筋を明かすと、反則を犯しかねないのでやめておく)。

二度と戻れない一線を越える寸前の裕美と、××とが重なって見える。××もまた北守の指先をすり抜けて遠くへ行こうとしていた。／どこが正義か。／何のためにおれはここに立っているのか。／××が○○式をもった右手に左手を添え、引き金に人差し指をかけた。／北守は××を見据えたまま、親指でニューナンブのサムピースを前進させ、人差し指で弾倉を圧しだした。かすかな金属音に反応して××が躰をふるわせたのを無視して、ゆっくりと銃口を空へ向ける。／弾倉から五発の執行実包がすべり落ち、アスファルトに転がった。／「お前にこれ以上人を殺させたくない。といってもわからんかも知れんだろうが。おれは個人的事情でお前を止めたいと思っているだけだ。生憎、正義なんて関係ない」／北守は踏みだした。（『ニューナンブ』、講談社、二〇〇二）＊伏字は引用者による

ララバイ東京

鳴海（小説のなかでは「鶴巻」）は十八歳、大学受験で郷里を離れる時、「小説家になる」と言明している。それから二十年――。

広告代理店のコピーライター兼営業マンからPR誌の編集者をへて、業界紙の記者へと鶴巻はつねに文章を書くことで生活してきた。そして四十を目前にして、人生が七十年とするなら折り返し点をとっくにすぎて、今、妻もなく子もなく、老後に備えた蓄えもなく、益体《やくたい》もない文章を書いて日々をしのぎ、名前の上に社名をつけなければ自分が何者であるかも証明できない男になっている。／俺は何者なのか？／どこから来て、どこへ行こうとしているのか？／何のために生きているのか？／文章を書くということ、いいかえれば、表現衝動の発露として言葉をえたということは、鶴巻にとっては才能でも特殊技能でもなく、逃れようのない呪縛でしかなかった。そ

れを無理に封印していたとすれば、もっといびつにゆがんだ性癖を抱え、夜ごと徘徊する変態になっていただろう」（『卒業一九七七』、勁文社、一九九八）

これは「小説」のなかの言葉である。しかし一九九七年、作者自身が四十歳を目前にして郷里の帯広に戻ってきた（くる決意をした）時に書かれたものでもある。小説の内容は「ララバイ、郷里」、「昔の自分に会いたい」という青春グラフィティーだが、テーマは「ララバイ、東京」である。「青春」への最期的な訣別だ。

一度北海道を出て、東京で仕事の現場を持った物書きが北海道に戻って来ることは、稀である。戻ってきたとしても、たいていは「夢」破れた後である。鳴海は本質的に違う（だろう）。

しかし帰道以降、『真夜中のダリア』（角川書店、一九九八）や『風花』（一九九九）が生まれ、『ニューナンブ』が書かれた。文体がはっきりと変わった、と思えるほどの「変貌」である。同じ年齢時に、関西から戻ってきた物書きとして、この変貌の「生理」だけはわかるような気がする。（鷲田）

【著書】＊主な作品はほとんど文庫化されている。ここでは航空サスペンス、警察小説を中心に示す

航空サスペンス

『ナイト・ダンサー』（講談社、一九九一→講談社文庫、一九九四）
『ゼロと呼ばれた男』（集英社、一九九三→集英社文庫、一九九五）
『スーパー・ゼロ』（集英社、一九九三→集英社文庫、一九九五）

『蒼穹の射手』（角川書店、一九九四→角川文庫、一九九七）

警察小説

『ニューナンブ』（講談社、二〇〇二→講談社文庫、二〇〇五）
『街角の犬』（講談社、二〇〇三→講談社文庫、二〇〇七）
『雨の暗殺者』（光文社カッパ・ノベルス、二〇〇四→光文社文庫、二〇〇六）
『えれじい』（講談社、二〇〇五→講談社文庫、二〇〇八）
『オマワリの掟』（実業之日本社、二〇〇八→ジョイ・ノベルス、二〇〇八）＊北海道警察を舞台にする

狙撃・テロシリーズ

『冬の狙撃手』（ケイブンシャノベルス〈上・下〉、二〇〇一→光文社文庫、二〇〇二）
『長官狙撃』（ケイブンシャ文庫、一九九七→光文社文庫、二〇〇三）
『第四の射手』（実業之日本社ジョイ・ノベルス、二〇〇五）
『死の谷の狙撃手』（実業之日本社ジョイ・ノベルス、二〇〇四→光文社文庫、二〇〇七）
『総理を撃て』（光文社カッパ・ノベルス、二〇〇七）
『哀哭者の爆弾』（光文社、二〇〇八）

その他（なかでも北海道を舞台にしたもの）

『風花』（講談社、一九九九→講談社文庫、二〇〇〇）
『輓馬』（文藝春秋、二〇〇〇→文春文庫、二〇〇五）
『卒業一九七七』（勁文社、一九九八→集英社文庫、二〇〇一）

京極夏彦
――世を目眩まし異境に生きる、時代の寵児

【きょうごく・なつひこ、一九六三（昭和三十八）年三月二十六日〜】
蛇田《あぶた》郡京極町生まれ。本名は不詳。倶知安《くっちゃん》高校、桑沢デザイン研究所を経て、広告代理店などに勤務の後、制作プロダクションを設立。一九九四年、仕事の合間に書いた小説『姑獲鳥《うぶめ》の夏』を出版社に送ったところ、即座に出版が決まる。そのデビュー作は大反響を巻き起こし、続くシリーズ作がいずれもベストセラーを記録し、一躍スター作家となった。受賞歴は、『魍魎《もうりょう》の匣《はこ》』（一九九五）で第四十九回日本推理作家協会賞、『嗤《わら》う伊右衛門』（中央公論新社、一九九七）で第二十五回泉鏡花文学賞、『覘《のぞ》き小平次』（中央公論新社、二〇〇二）で第十六回山本周五郎賞。二〇〇四年には、『後巷説《のちのこうせつ》百物語』（角川書店、二〇〇三）で第百三十回直木賞を受賞している。

ベストセラーの謎

デビュー作『姑獲鳥《うぶめ》の夏』以来、一連の京極作品が読者を驚愕させた理由は、ハードボイルドな探偵小説界に、辛気くさい妖怪や物の怪《け》たちを引っ張りだし、彼らの存在に論理性を与えた点が新鮮だっ

たからだ。いずれにせよ、多くの読者を魅了した京極作品は、日本に新しい推理小説の世界を誕生させたのである。

「レンガ本」や「サイコロ本」などの異名をとるほどぶ厚い京極の小説は、破格の長さを誇る。シリーズ作はいずれも本文が二段組で、『姑獲鳥の夏』四二九ページ、『魍魎の匣』六八三ページ、『絡新婦《じょろうぐも》の理《ことわり》』に至っては八二九ページと、尋常な長さではない。このような大長編を間断なく書き続ける京極の筆力には、ただただ圧倒されるばかりだが、同時にカバンにも入らないこのぶ厚いノベルスを読破する読み手が、世にごまんといたことも、充分驚きに値する。

しかも、京極作品は決して読みやすくはない。その文体を「うっとうしい」と形容した評論家がいたが、ルビ付きの読みづらい漢字があふれる文章、民俗学や精神分析学、宗教学などを基盤とした独自の見解と理論に基づき行われる謎解き、さらに複雑な多重構造の物語世界と、一筋縄ではいかない内容なのである。にもかかわらず、このシリーズだけで通算五〇〇万部を越えるベストセラーを記録しているのだ。ある意味、このこと自体が「謎」と言えないだろうか。

京極作品が読まれる理由

【理由・その一】

京極の小説が、仮に十年早く世に出ていたなら、今日のようなブームは起きていただろうか。そこで、デビューの年から十年遡って、京極ワールドに連なるものを探してみた。

荒俣宏が『帝都物語』シリーズを書きはじめたのは一九八五（昭和六十）年のことだ。この物語は、陰陽道や風水を駆使して、帝都東京に巣食う魑魅魍魎を退治する話であったが、これが人気を呼び、三年後には映画化もされている。またこの年、京極も敬慕する漫画家・水木しげるの『ゲゲゲの鬼太郎』が、約二十年ぶりに実写版でテレビドラマ化され復活した。さらに一九八八年には、陰陽師が主役の小説『陰陽師』が夢枕獏《ゆめまくらばく》によって書かれ、それを岡野玲子《おかのれいこ》が漫画化しベストセラーとなった。これが一九九三年のことだ。そして、その翌年に京極がデビューしている。

これらの流れを見ると、現在に至る東洋オカルトブームは一九八五年頃にはじまり、漫画化や映画化によってさらに広く浸透したことがわかる。そして京極は、このブームの頂点とも言える一九九四年に登場した。超ド級の「レンガ本」を読破し得る読者は、このときすでに用意されていたのだ。

【理由・その二】

では、京極作品は、我々にどんな面白さを提供しているのだろう。京極は、『ゲゲゲの鬼太郎』が滅びない理由として、最初から「古かった」ことが「古びない」理由だと述べている。そして、鬼太郎というキャラクター同様、京極作品の登場人物たちもまた、この古めかしくも新しい複雑怪奇な物語世界のなかで、それぞれが明確な役割を与えられて機能し、暗闇に明滅する灯台のように読者を物語の先へと導く。この登場人物たちが、京極作品の人気を支えていることは間違いない。

硬派、軟派を問わず誰ひとり榎木津に適《かな》う者はいなかった。即ち鬱病で日常会話すらままならぬ私〔引用者注・関口巽のこと〕などとは一番離れた位置にいる男だった。／そんな彼と私を引き合わせたのが、京極堂(当時はまだそうは呼ばれていなかったが)である。帝王榎木津も、どういう訳か京極堂には一目置いていたらしい。／榎木津が私と初めて顔を合わせたとき、彼が最初にいった言葉が、／――君は猿に似ているね。／であった。失礼もここまで来ると怒る気もしない。京極堂はそれを聞くと、／――この男は鬱病だ。いじめると失語症を併発する。先輩は躁病なのだから、彼を見習うのがいい。／と訳の解らないことをいった。（『姑獲鳥の夏』、講談社ノベルス、一九九四）

「百鬼夜行シリーズ」の主要人物、古本屋「京極堂」店主兼陰陽師でもある中禅寺《ちゅうぜんじ》秋彦と、「薔薇十字探偵社」を営む私立探偵・榎木津《えのきづ》礼二郎、鬱病で売れない幻想小説家・関口巽《たつみ》。彼らの関係性と性格が、この数行を読むだけではっきりわかる。一作目にして、すでにキャラクターは確立されており、膨大なシリーズの骨格もそこから成り立っている。

漫画評論家の伊藤剛《いとうごう》は、著書『テヅカ・イズ・デッド―ひらかれたマンガ表現論へ』（NTT出版、二〇〇五）のなかで、ゲームライターのさくまあきら（漫画原作者の小池一夫《こいけかずお》が主宰する「劇画村塾」出身）による、漫画と小説の際立った違いについての考察を紹介している。

さくまは、「極端な言い方をすれば、コミックでは、作品名をあげて頭に浮かぶものは、キャラクターの絵と名前だけである」という小池の一文を引き、「剣豪小説などの一部の例外を除いて、文学作品が主人公の名前で記憶されることは少ない」と述べているという。

膨大な数の読者が、京極の「レンガ本」を毎回やすやすと読破してしまう理由は、そうした漫画のキャラクターに酷似した登場人物の設定や配し方によるところが大きいのではないか。デビュー作である『姑獲鳥の夏』が、当初、漫画の原作として考えられたというエピソードも、なるほどうなずける話なのである。

言葉で呪い、言葉で祓う

京極の物語世界を覗いた人間がその作品世界を語りだすと、なぜか普通でいられなくなるのはどうしてだろう。おどおどしてぎこちなくなるか、大上段に構えるか、何かしら大げさに見えてしまうのだ。その理由は、おそらく物語世界の饒舌さに圧倒されてしまうからではないか。つまり、物語に隙間なく詰められた博覧強記に圧倒されてしまうのだ。読者はその情報量に尻尾を巻いてひれ伏すか、さもなければそこに意味を探そうとして汲々とする——。京極作品を論じた評論の多くが、まるで中禅寺秋彦が乗り移ったように語りまくり、迷走してしまうのは、そのためのように思えてならない。

漢字学者の白川静《しらかわしずか》は、「呪術の目的は攻撃と防禦とにある。その最初の方法は呪的な言語によるものであったが、それが表記形式に定着したものが文字であった」といい、さらに「文字は呪能をもつ。声によることばの祈りは情念を高めるが、文字形象に封じこめられた呪能はいっそう持続的であり、固定的である」(『漢字百話』、中公新書、一九七八)とも語っている。

京極は、この潜在的に文字が持つ原初的機能を、フルに活用する作家なのだ。文字によって呪いは掛けられ、そして文字によって呪いは祓われる。つまり、彼の作品を読む読者は、物語のなかで言葉によって呪われ(事件や謎)、それによって緊縛された心体が、中禅寺らレギュラー陣の謎解きによって祓われ(解決され)ることで弛緩させられる。京極作品が長くなければならない理由は、読者を長時間緊縛することで解放の快感を高めることにあった。そして、その呪いの起動装置として我々に呪文の粉をふりかけるのが、妖怪であり魑魅魍魎たちなのである。

濁っている。その癖、一種鮮烈な鋭さも兼ね備えている。焦点が合っていないのに、一点を凝視している。白目の部分はすっかり充血していて、／真っ赤だった。／「頼子、あんたやっぱり、もうりょうが」／「えっ？」／「あんたの、あんたのせいで母さんは」／「何よ！」／「出て行け！ もうりょう！」／母親がいきなり摑みかかって来た。それはバネ仕掛けの人形が飛び出してくるおもちゃ——そう、吃驚箱《びっくりばこ》——の蓋を開けた時みたいに唐突だった。にもかかわらず、肝斑《しみ》の浮き出た、皺に刻まれた醜い顔が、頼子にはやけにはっきりと見えたのだった。頼子は怖いと云うよりは薄気味が悪くなって、反射的に身を躱《かわ》した。（『魍魎の匣』、講談社ノベルス、一九九五）

饒舌と自己演出

饒舌なのは物語だけではない。京極自身も充分に饒舌だ。本人は不本意だといいながらも、インタビューや対談などの企画本がいくつかある。そこに写る京極は、一貫して黒羽織と黒革の手袋を手放さない。たまにはラフなジーンズ姿でもいいと思うのだが、美学といえばそれが彼の美学なのだろう。そんな姿から、京極をビジュアル系作家と呼ぶ人もいる。ロックアーティストならいざしらず、作家の過剰な自己演出には、いったいどういった心理が働くものなのだろうか。

　作家と作品は分離して考えないといけませんね。テキストを論じることを放棄して作家の人生のアウトラインだけつまんで、作品まで分かったような気になるのは勘違いだし、作品をいいだけ恣意的にいじくり回しておいて、とってつけたように作家の人生を持ってきて論拠にするようなこともしてはいけないと思う。テキストに失礼です。

もちろん人生も思想も関係ないんだと思いますよ。宮澤賢治がどんな性格でどんな生き方をしてどんな信仰持っていようが、作品には関係ない。むしろそういうネタを知ってしまうとテキストと純粋に向き合えなくなるでしょう。作品が破壊される場合もある。反面、どんな素晴らしいテキストを書いたからと言って作家を神格化しちゃ駄目ですよ。(『ミステリを書く!』、聞き手・千街晶之、ビレッジセンター出版局、一九九八)

書評家や評論家には耳の痛い言葉かもしれないが、ある意味で正論だ。とはいえ、既存の評論を根底から覆す身もふたもない発言ともいえ、威嚇的な印象すら受ける。

しかし作品を語る上で、その同時代性と作家性を見ずして、何ほどを語ることができるだろうか。面白い物語を読んだ。素敵な物語を読んだ。では、どうしてそんな面白くて素敵な物語が生まれたのか? それはホントのことなのか、嘘なのか? 一体誰が書いたのか? いつ書いたのか? 作品が魅力的であればあるほど、読者はその背景を知りたくなるのだ。

作家と作品の分離を強調する京極だが、そのわりにどこか脇の甘さも見受けられる。威嚇に方向性があるといってもいい。例えば、作家となった偶発的な経緯や、平均の睡眠時間は三時間、酒は飲まないなどと私生活を明かし、書斎も取材させるなど、京極夏彦の日々を存分に披瀝しているのだ。

辺境としての北海道

だが、茫漠として見えてこない側面もある。それは、高校まで過ごした北海道での日々についてである。当時の様子で知ることができたのは、小学校四年生の時に全三十六巻の『定本柳田國男集』（筑摩書房）を集め出したことと、高校時代に『覗《のぞ》き小平次《こへいじ》』のモデルとなった幽霊役者・小平次の絵を描いていたことぐらいだった。それらは、京極がいかにその方面で早熟だったかを物語る。

羊蹄山の麓にある畑作で栄えた京極町に、『定本柳田國男集』を置く本屋はおそらくなかったはずだ。本は取り寄せるか、札幌まで二時間以上かけて出かけなければ手に入らなかっただろう。京極の物事に執着し徹底する気質は、小学生にして早くも表れている。

Q.「ペンネームの『京極』は北海道の京極町からとったものと聞きましたが、どこから『夏彦』をとったのですか？」（ゆたか問）／A.「その情報はガセです。何度もいいますが、京極町とは無関係です」（大沢在昌・京極夏彦・宮部みゆき公式ホームページ「大極宮」質問箱からの抜粋）

京極にとって、「キョウゴク」という音韻は、幼い頃からそれはもう念仏のように身体に染み付いた言葉だろう。にもかかわらず、この質問に対しての強い拒絶反応はなんなのか。筆者はそこに、京極のアンタッチャブルな一面を見てしまう。おそらく、本書のように北海道で括られた枠内に自分の名前が載ることすら、かなりの抵抗を感じるのかもしれない。

それで思い出したのが、美幌《びほろ》町出身の文化人類学者山口昌男《やまぐちまさお》が、柳田國男に「（北海道出身では）民俗学は無理だね」と一蹴された話だ。「だからこそ民俗学を専攻しているのです」と山口は答えたという。北海道の小さな町で、小学生の頃から柳田國男を読んでいたという京極に、山口と同じ意識は少なからずあるだろう。それほどに、北海道は日本の埒外、辺境として無視されてきた場所なのだ。そう考えると、京極の過剰な自己演出は、戯画化して他人を目眩ます「隠れ蓑」にも思えてくる。

故事来歴も土地伝説もない北の国で、異境の住者である妖怪たちを追いかけ、ついに姑獲鳥や魍魎や狂骨や鉄鼠や絡新婦を発見して、何千ページにも及ぶ物語を創り上げた京極夏彦。まだ四十代の京極は、この先も異世界のなかでミステリーを追求し続けるのか、それともさらなる辺境を求めてペン先で新たな穴をこじ開けはじめるのか。そしてその穴の向こうに、自らを生んだ北の大地が広がってはいまいか。——同郷人の幻想、と嗤うなかれ。

（井上）


【著書】＊主な作品はほとんど文庫化されている。ここでは百鬼夜行シリーズを示す

『姑獲鳥の夏』（講談社ノベルス、一九九四→講談社文庫、一九九八／分冊版〈上・下〉、二〇〇五）
『魍魎の匣』（講談社ノベルス、一九九五→講談社文庫、一九九九／分冊版〈上・中・下〉、二〇〇五）
『狂骨の夢』（講談社ノベルス、一九九五→講談社文庫、二〇〇〇／分冊版〈上・中・下〉、二〇〇五）
『鉄鼠の檻』（講談社ノベルス、一九九六→講談社文庫、二〇〇一／分冊版〈一～四〉、二〇〇五）
『絡新婦の理』（講談社ノベルス、一九九六→講談社文庫、二〇〇二／分冊版分冊版〈一～四〉、二〇〇六）
『塗仏の宴　宴の支度』（講談社ノベルス、一九九八→講談社文庫、二〇〇三／分冊版〈上・中・下〉、二〇〇六）
『塗仏の宴　宴の始末』（講談社ノベルス、一九九八→講談社文庫、二〇〇三／分冊版〈上・中・下〉、二〇〇六）
『陰摩羅鬼の瑕』（講談社ノベルス、二〇〇三→講談社文庫、二〇〇六／分冊版〈上・中・下〉、二〇〇六）
『邪魅の雫』（講談社ノベルス、二〇〇六）
『百鬼夜行——陰』（講談社ノベルス、一九九九→講談社文庫、二〇〇四）
『百器徒然袋——雨』（講談社ノベルス、一九九九→講談社文庫、二〇〇五）

『今昔続百鬼――雲』（講談社ノベルス、二〇〇一→講談社文庫、二〇〇六）
『百器徒然袋――風』（講談社ノベルス、二〇〇四→講談社文庫、二〇〇七）

馳 星周

――異端こそ、日本文学の正統な潮流

【はせ・せいしゅう、一九六五（昭和四十）年二月十八日〜】

日高郡浦河《うらかわ》町生まれ。本名は坂東齢人《ばんどうとしひと》。苫小牧東高校を経て、横浜市立大学文理学部に入学。高校時代から内藤陳《ないとうちん》の書評を愛読し、大学受験の翌日に内藤が主宰する「冒険小説協会」の第一回全国大会に参加。そこで、内藤が営む新宿ゴールデン街のバー『深夜プラス1』のアルバイトに誘われ、入学と同時にバーテンダー生活に入る。常連の北方謙三《きたかたけんぞう》や船戸与一《ふなどよいち》、大沢在昌《おおさわありまさ》らと会話ができるよう、一日一冊のペースでミステリーや冒険小説を読みまくる。卒業後、出版社での編集者生活を経てフリーライターに。この頃、「本の雑誌」に坂東齢人名義で六年間書評を連載した（これは、大学生時代に札幌のミニシアター「ジャブ70ホール」（一九九二年閉館）が発行する映画雑誌「バンザイまがじん」に執筆した書評がきっかけとなった）。

その後、一念発起して書き上げた『不夜城』（一九九六）がベストセラーとなり、同年の『このミステリーがすごい！』で国内部門一位を獲得。さらに、第十八回吉川英治文学新人賞、日本冒険小説協会大賞をダブル受賞し、直木賞候補にもなった。一九九七年には、『鎮魂歌―不夜城II』で第五十一回日本推理作家協会賞、一九九九年には『漂流街』で第一回大藪春彦賞を受賞。二〇〇二年の第十五回山本周五郎賞で『ダークムーン』が

候補となるなど、その評価は高い。なお、ペンネームは香港映画のスター・周星馳《チャウシンチー》の名を逆さにしたもの。

度肝を抜いたデビュー作

デビュー作『不夜城』（一九九六）を評する言葉には、必ずといっていいほど「衝撃」という文字が冠せられる。それは一体何に由来するのだろう。

一つは、発表当時の歌舞伎町で「腫れ物」扱いされていた中国系マフィアを生々しく描き出したことにある。東京・新宿で、中国系マフィアたちの物騒な話を耳にするようになったのは、一九八〇年代後半から九〇年代にかけてのことだ。大沢在昌が『新宿鮫』（一九九〇）を書いたのもこの頃で、シリーズ第二作『毒猿―新宿鮫2』（一九九一）では、台湾マフィアと台湾警察の抗争を描いてヒットした。おそらくこれが、歌舞伎町を舞台に中国系マフィアが登場した最初のメジャー作品ではなかろうか。

『新宿鮫』の主役である鮫島警部は、警察でもアウトロー的存在であり、組織や社会集団から孤立する生き方はハードボイルド小説の典型だ。彼らは徒党を組まず、独自のスタイルで事件を解決に導き、読者はその孤高性に痺れ、憧れる。ただし、主人公の姿に読者が共感を覚えるのは、彼との間に共通の価値基準があるからであり、陰惨な事件も悲劇として捉えられるからこそ感動を与えるのだ。

ところが馳の小説は、大沢と同じ新宿を舞台にしながらも、視点がこちら側にはない。『不夜城』の主人公・劉健一《りゅうけんいち》は、台湾人と日本人の混血だ。台湾の移民から「半々」と蔑視されながらも、その民族的共同体のなかで生きざるを得ない健一は、日本的価値観だけでは捉えられない謎に満ちた人物として描かれる。それまでのハードボイルド小説では、到底主役になり得なかった人物像だ。

劉だけではない、作中に登場する男も女も皆、経験から得た快楽と痛みの記憶だけを唯一の頼りに行動する。殺られたくなければ、殺るしかない。馳の作品に通底する遺恨と愛憎と暴力の起源は、まさにここにある。作品世界を中国系やアジア系のコミュニティに限定することで、正統派のハードボイルド世界で息づいてきた主人公の矜持という概念を、馳はぶちこわした。

そして読者は、馳の描く登場人物たちに吐き気と戦慄を覚えつつ、物語の巧みな仕掛けと、体言(名詞)止めを多用したスピード感ある文体に引きずり込まれてゆく。そしてラスト、彼らは彼らの流儀である徹底した無法さによって一方的に物語を閉じ、読む者はカタルシスに登りつめることを許されないまま放り出されるのだ。最後の頁を閉じた時の「不愉快さ」、それこそが馳の小説が我々にもたらしたもう一つの「衝撃」なのである。

『不夜城』の解説で、「感情移入できる人物が一人としていない」、「ハナからケツまで悪党だ」と言いながらも絶賛する文芸評論家の北上次郎《きたがみじろう》は、作者の術中にまんまと嵌っていたわけだ。

1DKの部屋に男が3人——1人は腹を抱えうずくまっている。(中略)/右の男を撃った。頭が弾けて血と脳漿が飛び散った。左の男が腰を浮かした。銃身を振って引金を絞った。男が真後ろに吹き飛んだ——テーブルの上のものを撒き散らしながら。/股間が熱い。固く猛っている。/「上海の豚野郎……」/ドアを開けた男が足にしがみついていた。蹴った。男は仰向けに転がった。撃った。男の身体が痙攣した。/「おれは台湾人《タイワンレン》だ」/秋夫は台湾語で静かにいった。残りの弾丸を三人にぶち込んだ。血と肉とプラスティックのカードが舞った。(中略)/売女、ポン引き、酔っ払い、ガキども、ミニスカートの女たち、客引き、やくざ、流氓《リウマン》、おまわり。歌舞伎町の真ん中を突っ切った。腰に黒星。ポケットに薬莢。靴には血痕。勃起した男根。／だれもなにもいわなかった。（『鎮魂歌―不夜城Ⅱ』、角川書店、一九九七）

馳の仕組んだこの「不快」なる世界に中毒するか、あるいは徹底した拒否反応を示すかは、一般読者のみならず文学界も同様に試されている。これまで五度も直木賞にノミネートされながら、審査員の票が割れて受賞を逃しているのは、筆力の問題ではなく、馳の作品が「異物」と見なされたからに違いない。言い換えれば、「まったく新しい物語が我々の前に登場した」（北上次郎）とも言えるのだ。

恐怖と魅惑の「異国」

では、こうした異端とも言える過激な作品を生み出す馳の創造の源は、一体どこにあるのだろう。それを考える上で、思想家の内田樹《うちだたつる》が書いた『三大港町作家』（『村上春樹にご用心』所収、アルテスパブリッシング、二〇〇七）というコラムを取り上げたい。三人の作家とは、横浜出身の矢作俊彦《やはぎとしひこ》、神戸出身の村上春樹《むらかみはるき》、長崎（佐世保）出身の村上龍《りゅう》のことである。彼らが、戦後の若者にどれだけ大きな影響を与えたかは言うまでもないが、その三人の出現した背景に内田はある共通点を見出した。それは、「大都会で育った」ということである。

内田が言う大都会の条件とは、「他の都市、他の国の人々が、そこで違和感なしに暮らせる場所」、つまり「その中に《異国》を含む場所」があることであり、それはそのまま三人の育った横浜、神戸、長崎に当てはまる。そこで育った彼らは、海の向こうからやってくる「アメリカ」に、恐怖と魅惑あふれる異国のイメージを投影した。その「夢」が彼らの想像力を強く刺激し、「書くこと」へと導いたのではないか――内田はそう推論する。

矢作と両村上は、世代が少し違う。しかし、彼らの作品には共通して、アメリカの強烈な匂いが染み付いている。それは西部開拓時代のアメリカではなく、ハードボイルド小説を生み出したロストジェネレーション世代以降のアメリカである。三人の作品が当時の若者から熱狂的に支持されたのは、それぞれが吸い上げたアメリカ的なるものが、物語のなかでこれまでにない鮮烈な異彩を放っていたからに違いない。

その視点で、さらに時代を遡ってみれば、函館に育った久生十蘭、長谷川海太郎、水谷準が、モダニズムの旗手として日本探偵小説の黎明期を颯爽と飾ったことも、決して偶然ではないことになりはしないか。明治の函館は、日本有数の大都会であり洋風文化発祥の地だった。その函館の丘から、海の向こうの外国を夢想して育った三人は、後に十蘭と水谷がフランス、長谷川はアメリカからそれぞれ「異国」的イメージを吸い上げ、作家となる。つまり、「異国」の持つ「異質性」を創造の源に、新しい時代を創ってきたと言えるのだ。

そして、現代の日本における大都会は間違いなく東京であると、内田は断言する。「外国人労働者の大量流入によるエスニック・グループ」の棲み分けが行われ、そこに「異国」が存在するからだ。「「異国」との出会いに恐怖と魅惑を感じて成長するいまの東京の小学生たちのなかから、巨大なスケールの作家が登場してくることを想像すると、私は不思議な興奮を禁じ得ないのである」。そう内田がコラムを結んだ五年後、新宿歌舞伎町から馳星周は出現し、彼の作品は若者たちに熱狂的に迎えられた。

だが、内田の予想に反して、馳はだだっぴろい平原と暗い海の広がる北海道の小さな町で育った、ハードボイルド小説好きの少年だった。そんな彼が横浜の大学へ進学したのは、理由はどうであれ象徴的である。かつて横浜は、ハードボイルドの聖地だったからだ。ところが、時あたかもバブル絶頂期である。経済と物質の豊かさで世界を牽引していた当時の日本に、かつて脅威だった「アメリカ」の影はどこにも見当たらなかった。

では、馳の運命を決定づけたものとは何か。それは、学生時代に新宿歌舞伎町で過ごしたアルバイト生活にあった。大沢在昌もきっとそうだったように、馳も、不法労働者やマフィアによる暴力事件を間近にしていたに違いない。札束が舞う狂乱した大都会の片隅で、暗い出自と民族的な鉄鎖に縛られた人間たちがいる。彼らにとって、暴力とセックスの刺激は生きている実感であり、身体を張って得た「対価」の金こそが、重い足かせを解くための唯一のものだった。

結局、対象が何回か変わっただけで、おれの人生には常に怯えと憎悪がつきまとっていた。あんまり長いことつきまとわれているので、自分が何かに怯え、それを憎みながら生きているのだということを忘れがちになるほどだ。だが、どれほど振り払おうとしてみても、怯えと憎悪がおれの魂の根っこに、鋭い牙《きば》を立てて食らいついているということに変わりはない。そして、ときどき鋭い痛みをおれに与えて、おれが自分たちの奴隷であることを思い出させようとするのだ。

(『不夜城』、角川書店、一九九六)

主人公の劉健一が、過去を回想する場面である。この逃れようのない泥沼こそ、彼らが生きている場所なのだ。
「闇鍋」の味付けのコツは、「香辛料をうんと効かせることだ」と語ったコックがいた。馳の描く歌舞伎町はまさに闇鍋のごとき場所だ。その混沌のなかで、ひりひりするリアリティーを求めて生きる人間たちに、馳は震えるような究極の物語を見たに違いない。そしてそれこそが、かつての十蘭らや矢作らが感じたものと同種の、「恐怖と魅惑の異国」のイメージだったのではなかろうか。

底なしの狂気を冷徹に追求

「作家は処女作を越えられない」という。ことにデビュー作が鮮烈だった作家にとって、この言葉は心身を深く呪縛する。なかには、そこから逃れられず暗い隘路に落ち込んでゆく作家も少なくない。馳の場合も、直木賞の選考評には毎回、『不夜城』と比較した辛口評が出る。そんな声をよそに、デビューから十二年間、馳は休むことなく作品を書き続けてきた。その創造力と筆力には感嘆するしかないが、同時にそれを支える方途なくして長い作家活動は維持できなかったはずだ。

「何を書くか」ではなく「どう書くか」をもっと考えた方がいい。（中略）ストーリーを考えたらそれで終わりだと思っている人が多すぎると思う。でもそんな目新しいストーリーなんてなかなかないです。（中略）一番の武器になるのは、「どう書くか」を考えてきた人たちが手に入れた文体なんです。（『ミステリを書く！』、聞き手・千街晶之、ビレッジセンター出版局、一九九八）

このインタビューは、デビューの二年後に行われている。おそらく、『不夜城』の呪縛が最も強い時期だったろう。そこには、処女作のイメージに止まることを拒否する馳の決意が読み取れる。では馳は、『不夜城』からどう変化していったのか。

インタビューの翌年に発表された『M』（一九九九）は、『不夜城』以降、一貫してアジアンノワールを発表してきた馳にとって、異色作と言われる短編集だ。収録された短編はどれもが、普通の人々がほんの些細な出来事から蟻地獄のような落とし穴に嵌っていく物語であり、ド派手なアクションシーンは一切なく、スピード感も抑制されている。それゆえに、ファンからは賛否両論ある作品だが、馳にとって従来のイメージから脱却するための新たな一歩だったに違いない。本作以降も、カナダ、タイ、釧路、さらには故郷の胆振・日高地方など、作品の舞台を広げている。

しかし、舞台やプロットは変われど、共通して描かれるのは「底なしの狂気」にほかならない。『不夜城』から現在まで、一貫して馳が語り続けてきたのは、どんな人間にも狂気は宿るということであり、その狂気には必ず「起源」と「果て」があるということだった。

言葉にしてしまえば、とりたてて目新しいテーマではない。が、鮮烈なデビュー作で世に出た作家の多くは、概してその喝采のなかで自らのテーマを見失いがちである。歌舞伎町でみた「異国」の衝撃を単なる「異質」な物語に終わらせず、冷徹に追求し続けた作家としての態度が、十年余りの馳の作家生活を支えたとは言えないか。「何を書くか」ではなく、「どう書くか」が重要なのだ。

（井上）

【著書】＊ここでは小説だけを挙げる

『不夜城』（角川書店、一九九六→角川文庫、一九九八）
『鎮魂歌―不夜城II』（角川書店、一九九七→角川文庫、二〇〇〇）
『夜光虫』（角川書店、一九九八→角川文庫、二〇〇一）
『漂流街』（徳間書店、一九九八→徳間文庫、二〇〇〇）
『M』（文藝春秋、一九九九→文春文庫、二〇〇二）＊短編集
『虚の王』（光文社カッパ・ノベルス、二〇〇〇→光文社文庫、二〇〇三→角川文庫、二〇〇八）
『雪月夜』（双葉社、二〇〇〇→双葉文庫、二〇〇三→角川文庫、二〇〇六）
『古惑仔《チンピラ》』（徳間書店、二〇〇〇→トクマ・ノベルズ、二〇〇三→徳間文庫、二〇〇五）＊短編集
『ダーク・ムーン』（集英社、二〇〇一→集英社文庫〈上・下〉、二〇〇四）
『マンゴー・レイン』（角川書店、二〇〇二→角川文庫、二〇〇五）
『生誕祭』〈上・下〉（文藝春秋、二〇〇三→文春文庫、二〇〇六）
『クラッシュ』（徳間書店、二〇〇三→徳間文庫、二〇〇七）
『長恨歌―不夜城完結編』（角川書店、二〇〇四→角川文庫、二〇〇八）
『楽園の眠り』（徳間書店、二〇〇五→徳間文庫、二〇〇九）
『ブルー・ローズ』〈上・下〉（中央公論社、二〇〇六）
『トーキョー・バビロン』（双葉社、二〇〇六→双葉文庫〈上・下〉、二〇〇九）
『約束の地で』（集英社、二〇〇七）＊短編集
『弥勒世《みるくゆー》』〈上・下〉（小学館、二〇〇八）
『やつらを高く吊るせ』（講談社、二〇〇八）＊短編連作集
『9・11倶楽部』（文藝春秋、二〇〇八）
『煉獄の使徒』〈上・下〉（新潮社、二〇〇九）

II　まだまだいる、ミステリー作家たち

井谷昌喜
内山安雄
奥田哲也
丹羽昌一
矢口敦子
桜木紫乃
小路幸也
佐藤友哉

井谷昌喜

——ジャーナリストならではの視点

【いたに・まさき、一九四一（昭和十六）年十一月六日〜】

北海道（市町村名不詳）生まれ。法政大学法学部を卒業後、読売新聞社に入社し、北海道支社編集部報道課から同支社函館支局、千葉支局を経て、本社整理部、婦人部、社会部、社史編集部、広報部などで勤務。一九八六（昭和六十一）年、『貧食細胞』（光風社出版）でデビュー。一九九八年に『F』（後に『クライシスF』に改題）で、光文社主催の第一回日本ミステリー文学大賞新人賞を受賞した。

説得力あるバイオサスペンス

これまでに井谷が発表してきた作品の特徴は、科学サスペンスものであるということだ。科学の進歩によって引き起こされるコンピュータウィルス、あるいは遺伝子操作によってもたらされる悲劇と犯罪を扱ったものがすべてである。

読むべきは、やはり『クライシスF』だろう。主人公は、閑職に甘んじている新聞記者の自見弥一。

彼は最近続けて発生したさまざまな事故（ダイバー溺死、オートバイの事故死、そして航空機乗っ取りによる墜落事故など）の原因から、ある共通点を見つける。それは、彼らが引き算を間違えたために事故に至ったという点、そして生前にあくびをくり返すという奇妙な現象があったという事実だった。

自見は、後輩記者の真崎と疋田に応援を頼み、密かに情報収集に乗り出す。すると、症状は世界的規模で現れていることがわかってきた。そんなある日、疋田が何者かに脅迫され、命を狙われる……。物語はここから日本を飛び出し、世界の食物を支配する組織や諸国の思惑などを絡めながら、「大謀略活劇」へと展開してゆく。少々やりすぎという感じもしないではないが、主人公・自見の人生観や視点をきちんと描くことで、ド派手なサスペンスものとは一線を画した、人間ドラマとしても堪能できるものとなっている。

真崎の言う「引き算できない病」は本当に存在するのか。／存在する。正体不明のやつが、それを証明してくれた。／奇病の存在そのものを知られるのを、何が何でも阻止したいらしい。では、その原因が一体何なのか。／考えろ、もっと妄想をたくましくしろ。／ヘッドフォンから流れる音が、意識の圏外に去ってゆく。／もっとも可能性が強いのは薬品の副作用か食品、化学汚染だ。あるいは未知のウィルス漏洩《ろうえい》か。（『クライシスF』、光文社、一九九八）

その翌年に発表した『サラブレッドの亡霊』は、薬剤による犯罪をテーマに、『クライシスF』で活躍した自見、真崎、疋田の三人組が探偵役として再び登場する。しかしこれ以降、井谷は作品を発表しておらず、シリーズ作として続かなかったことが惜しまれる。

前出の『クライシスF』が発表されたのは、今から十年余りも前のことである。当時はあまり評判にならなかったようだが、BSE問題や遺伝子組み換え問題、さらには鳥インフルエンザなどが取り沙汰される昨今、ジャーナリストならではの視点で書かれた井谷の作品は、今読んでも充分に説得力を持つ。

（井上）

【著書】
『貧食細胞』（光風社出版、一九八六）
『裁かれる受胎』（光風社出版、一九八七）
『標的ウイルス』（徳間書店、一九八八）
『細菌ストーム』（徳間書店、一九八九）
『電脳細菌殺人事件』（トクマ・ノベルス、一九九二）
『クライシスF』（光文社、一九九八→光文社文庫、一九九九）
『サラブレッドの亡霊』（光文社カッパ・ノベルス、一九九九）

内山安雄

——陽性のアジアン・ノワール作家

【うちやま・やすお、一九五一（昭和二十六）年十月二十一日〜】

勇払《ゆうふつ》郡厚真《あつま》町生まれ。苫小牧工業高等専門学校を卒業後、慶應義塾大学文学部に入学。大学院在学中から旅行代理店に勤め、駐在員としてドイツなどへ派遣される。一九八〇（昭和五十五）年、講談社の新人賞に応募した短編『不法留学生』が、選考前に発表されるという異例の形でデビュー。一九八四年には初の長編『凱旋門に銃口を』を上梓した。これまでに訪れた国は八十五カ国以上という豊富な海外経験をもとに、小説、エッセイなどを多数発表。なかでも、アジアを舞台にした作品に定評がある。

体当たり人生から生まれた作品

日本を含む現代アジアを舞台に、数多くの作品を描いてきた内山安雄の世界は、暴力と金、女とドラッグを巡って絡み合う男たちの姿が強烈な印象を残す。となれば、ハードなアジアン・ノワールを想像するだろう。確かに、正統派のハードボイルド小説もあることはあるが、残念ながら馳星周のクールさには及ばない。だが、内山ワールドの真骨頂は、タフな体力もハードな心も持たず、女々しくセコく、女と金に滅法弱い男を主人公にした作品群にこそある。

しゃがんだ飛鳥は、両手で頭をかかえこみ、頭髪をかきむしった。こんな折には自己憐憫《れんびん》の情から、さめざめと泣いてみたら、少しは救われるのだろうか。だが、額を膝にこすりつけて、唸《うな》ってみても一粒の涙すらこぼれない。／飛鳥は、あまりにも深い喪失感に身震いした。我が世の春を謳歌《おうか》していたはずが、一瞬にして奈落《ならく》の底に突き落とされたのだ。安手のドラマでも見せられているようで、まるで現実感がない。／ただ、この期に及んでもまだ、明子に捨てられたとか、騙されたとは考えられない。何をどうしていいものやら、落ち着きなく二つの部屋を行ったり来たりするだけだ。（『上海トラップ』、ハルキ文庫、一九九九）

『上海トラップ』のワンシーンだが、この飛鳥というダメ男が主人公である。証券マンだった飛鳥は、リストラされ妻とも離婚。失意のなか、彼の窮地を救ってくれた友人・龍道の紹介で、友人と同じ上海出身の明子と結婚する。ところがある日、明子が飛鳥の全財産を持って部屋から消えてしまう。その日から、飛鳥の明子を探す日々が始まるが、彼女の過去から浮かびあがってきたのは、上海のマフィア組織だった――。

ストーリーだけ追えば、馳星周張りのノワール（人間心理の暗黒面を掘り下げた犯罪小説）となる可能性を秘めている。しかし、内山の作品は至って陽性であり、明るい生命力のようなものすら感じさせるのだ。それはアジアの裏社会に「異界」をみて距離を保ちながら観察する馳と異なり、猥雑なるその世界をまるごと肯定し、そこに根ざそうとさえした内山の体験からくる違いなのだろう。彼自身も語るように、ダメ男の人物造形とさまざまな出来事は、実体験から吸い上げたものが多い。では、一体彼はどんな人生を送ってきたのだろうか。

海外で迎えた二度の転機

内山には、二度の転機がある。最初は二十代の時、パリでマフィアとつながるハンガリー亡命者の青年と暮らした時だった。この稀有な出会いが、裏社会へと眼を向ける契機となったものと想像できる。次は、四十歳を目前にして陥ったフィリピン娘との恋愛沙汰である。娘に夢中になった内山は、彼女と一緒に現地で薬局を営むが、当の娘は商売を知らず、従業員に金を着服されるなどすったもんだの挙句、借金と胃潰瘍だけが手元に残った（そうした破天荒な体験の数々は、『怪しく奇妙な！アジアウラ楽園』などのエッセイでも読める）。

この生々しい体験なくして、現在の内山作品は存在し得ないといっても過言ではない。パリでの生活は『凱旋門に銃口を』（一九八四）や『さらばマフィアとの日々』（一九九五）に凝縮され、アジアに首まで浸かった日々からは、『上海トラップ』や『フィリピン・フール』（一九九六）などの作品が生まれた。自らの経験を小説へと昇華させる内山の作風は、ある意味で私小説的傾向が強いともいえる。

ほぼ年一冊のペースで小説を発表してきた内山だが、近年は故郷である厚真町を舞台に少年の成長譚を描いた作品や、力士を目指す日系アジア人の青春小説を上梓するなど、これまでにない新たな世界にもチャレンジし、新境地を開きつつある。

（井上）

【著書】

『凱旋門《エトワール》に銃口を』（講談社ノベルス、一九八四→講談社文庫、一九八八）
『ラヴ・マイナス・ゼロ』（CBS・ソニー出版、一九八五）
『青春の熱風―基地通りのサマーブリーズ』（カドカワノベルズ、一九八六）
『海峡を越える女豹《ダーマ》』（天山ノベルス、一九八九）
『ナンミン・ロード』（講談社、一九八九）
『天安門の少女』（新芸術社、一九九〇）
『ベトとシンシア』（講談社、一九九〇）
『さらばマフィアとの日々』（ソニーマガジンズ、一九九五）
『トウキョウ・バグ』（毎日新聞社、一九九九）
『樹海旅団』（新潮社、一九九五→光文社文庫〈上・下〉、二〇〇三）
『マニラ・パラダイス』（集英社、一九九五→ハルキ文庫、二〇〇〇）
『上海トラップ』（立風書房、一九九六→ハルキ文庫、一九九九）
『フィリピン・フール』（ソニーマガジンズ、一九九六→ハルキ文庫、二〇〇〇）
『モンキービジネス』（講談社、一九九七）
『ダッシュ』（角川書店、二〇〇〇）
『ドッグレース』（講談社、二〇〇一）
『ミミ（アジア・ノワール）』（毎日新聞社、二〇〇二）
『霧の中の頼子』（角川春樹事務所、二〇〇三）
『カモ』（光文社カッパ・ノベルス、二〇〇四）
『裸のレジェンド』（徳間文庫、二〇〇六）

『グローイング・ジュニア』(講談社、二〇〇七)
『大和魂☆マニアーナ』(光文社、二〇〇八)

エッセイ

『怪しく奇妙な!アジアウラ楽園』〈『アジアウラ楽園』改題〉(ベストセラーズ、一九九八→青春文庫、二〇〇四)
『しょーこりもなく、またアジア』(光文社、二〇〇二)
『アジア怪楽園ですたこらさっさ』(青春出版社、二〇〇二)
『オジさんはなぜアジアをめざすのか』(ロコモーションパブリッシング、二〇〇六)

奥田哲也

――得体の知れない毒素を仕込む

【おくだ・てつや、一九五八（昭和三十三）年十二月十五日〜】

大阪府大阪市生まれ。十歳の時、釧路市に移住し育つ。立命館大学法学部卒業。平井呈一《ひらいていいち》の翻訳作品の影響を受け、小説家を目指す。一九八四（昭和五十九）年、雑誌「ＳＦマガジン」に短編『カメレオン』を発表し、同年「星新一ショートショート・コンテスト」に応募した『懺悔』で優秀賞を受賞。実質的なデビューは、一九九〇年の『霧の町の殺人』となる。以降、、現在までに単行本六冊と数本の短編をアンソロジーなどに発表するのみと寡作である。

どこか壊れた物語

正直言って、奥田の作品をどのように紹介していいか途方にくれている。どの作品も、表向きは本格推理小説の体裁をとっているが、その物語はどこか壊れている。しかも、その「壊れ方」が一様ではなく、作風が非常に捉え難いのだ。

例えばそれは、登場人物の視点がころころ変わる文体であったり、あるいは謎解き役として登場する人物たちの奇妙な性格であったり、さらに物語の背景として必然性を感じない猟奇的な描写であったりする。

ストーリーが面白くないわけではない。凝ったトリックや細部の描写力で読ませるのだが、前述したように作者の意図の見えない「壊れ方」に引っかかり、何か狐につままれたような気分が残ってしまうのだ。それとも、その分裂症的な壊れ方こそが、奥田の作品を特徴づけていると言えばよいのだろうか。長編『三重殺』の解説を書いた作家の斎藤《さいとう》肇《はじめ》をして、「不思議な小説、である」と繰り返し述べざるを得ないほどの作品なのである。

刑事である「私」の前で、三つの殺人事件が起こる。現場には、首なしバラバラ死体、首なし焼死体、さらに崖から突き落とされた男の死体が残った。ところが、調べていくと、これら三つの遺体がすべて同一人物であることがわかる。一体これはどういうことなのか――。巧妙なトリックが読みどころではあるものの、この『三重殺』が他の本格推理小説と断然異なるのは、中年刑事の一人称の語りで進められてゆくそのシニカルというかコミカルな独白のなかに、物語の構造に侵食する得体の知れない奥田の毒素が仕込まれていることにある。まったくもって、一筋縄ではいかない作家だ。

「どうしたんです？　いったい」キーを差し込みながら、小橋が訊ねた。／「ニュースで言っていた矢萩はやっぱりあの矢萩だった」／小橋はキーをひねりかけていたのを途中で止めた。／「へっ？」／「しかも……」私はどういうわけか、急に笑い出したくなった。頬が勝手にピクピク動く。／「殺されたんだとさ……ははははは」／小橋は一瞬、きょとんとしていたが、すぐにつられて笑い出した。／「ははははは……そりゃ、いいや。で、犯人はまた片島ですか……ははははは」／「ははははは……そうか、そこまで思いつかなかったな。そりゃ、いいや……ははははは」／「何度、殺してもあきたらないんでしょうよ、きっと」／「ははははは……そりゃ、いいや」／「ぶわっはっはっは」（『三重殺』、講談社ノベルス、一九九一）

（井上）

【著書】
『霧枯れの街殺人事件』〈『霧の町の殺人』改題〉（講談社ノベルス、一九九〇→講談社文庫、一九九五）
『三重殺』（講談社ノベルス、一九九一→講談社文庫、一九九六）
『絵の中の殺人』（講談社ノベルス、一九九二→講談社文庫、一九九六）
『赤い柩』（立風書房、一九九三）
『エンド・クレジット』（廣済堂ブルーブックス、一九九八）
『冥王《ハーデース》の花嫁』（講談社ノベルス、一九九八→講談社文庫、二〇〇三）

丹羽昌一

――中南米の風土に魅せられて

【にわ・しょういち、一九三三（昭和八）年〜】

函館市生まれ。横浜市立大学を卒業後、一九五九（昭和三十四）年に外務省入省。キューバ、チリなどの大使館に勤務する。一九七二年に退職後、慶應大学などでスペイン語講師を務めた。一九七九年に『キューバへの密書』で作家としてデビュー。一九九五年に発表した『天皇の密使』で、第十二回サントリーミステリー大賞と読者賞をダブル受賞した。

元外交官ならではのリアルな状況描写

丹羽昌一の小説は、いずれも外務省時代の赴任先である南米諸国が舞台である。デビュー作『キューバへの密書』（一九七九）は、カストロ政権下のキューバの首都ハバナで、打倒カストロを掲げる反政府組織のスパイ活動に巻き込まれた日本大使館員の物語である。時代設定も丹羽が駐在していた時期と重なるだけに、さすが情況描写はリアルだ。

代表作『天皇《エンペラドール》の密使』は、一九一〇（明治四十三）年に始まったメキシコ革命のさなか、日本人移民救助のために現地大使館へ派遣された、一人の青年外交官の活躍を描いている。革命の英雄パンチョ・ビリャやメキシコ動乱時に行方不明となった作家アンブローズ・ビアスなど実在した著名な人物を登場させ、虚実織り交ぜたストーリーが展開される。さらに、主人公の灘謙吉も実在の人物をモデルにしており、その甥が文庫版の解説を書いているのも興味深い。

「待て、待て」／ビリャは慌てて制した。／「ここには誰もいない。きみとおれだけだ。心配するな」／「でも……」／「いいかね、男児の名誉をなげうち、恥辱の極みを曝けだしてまで与えられた使命を全うしようというのは、たいへんな勇気だぞ。フィエロなどには到底理解できん、べつな種類の勇気だ。おれにはよく理解できる。そういう行為を高尚というんだ。日本のサムライとは、おれたちのいう真の男児《マーチョ》だ。ブシドー・イコール・男一匹主義《マチスモ》だ。きみこそは、その体現者といっていい」／怪我の功名も極まれり。なんとも面はゆい賛辞だった。／「では、どうなさるおつもりですか」／灘は核心に迫った。鬼が出るか蛇がでるか――。（『天皇の密使』、文春文庫、一九九六）

本書の読みどころは、一人の若き外交官が日本人移民を救うために、いかに難局を打破してゆくかという過程にある。そして、それを阻む存在として、ビリャ率いる革命軍の圧力や日本人移民間の確執、さらには謎の殺人事件などを配し、冒険活劇と推理小説、さらに歴史ミステリーの要素が盛り込まれている。極めてエンターテイメント性の高い作品に仕上げられ、読後は主人公の青春ストーリーのような味わいも残る。

丹羽はその後、やはり中南米を舞台にした誘拐もの『鈍色の邂逅』（一九九六）を書いたが、それ以降、小説は発表していない。おそらく丹羽は、職業作家を目指したのではなく、自ら大使館員として滞在した中南米の風土に魅せられ、その魅力を描き出すことを目指したのだろう。そんなところにまた、丹羽の誠実な人となりを感じる。（井上）

【著書】
『キューバへの密書』（サワズブックス、一九七九）
『チリ・クーデター殺人事件』（サワズブックス、一九八〇）
『天皇の密使』（文藝春秋、一九九五→文春文庫、一九九八）
『鈍色の邂逅』（幻冬舎GENTOSHA NOVELS、一九九六）
『素顔のキューバ革命』（永田書房、一九七四）＊評論

矢口敦子
——ブレイクの秘密

【やぐち・あつこ、一九五三（昭和二十八）年三月九日〜】

函館市生まれ。現在は札幌市に在住。先天性の心臓病のため、小学校五年生から通学をせずに通信教育で大学（慶應義塾大学通信教育課程文学部及び中央大学通信教育部法学部）を卒業した異色の経歴を持つ。ミステリー作家・山村正夫《やまむらまさお》の小説作法講座（通信教育）を受講した際に才能を見出され、一九九一年、谷口敦子《やぐちあつこ》名義で書き下ろした『かぐや姫連続殺人事件』でデビューを果たす。その後、一九九四年に創元社主催の第五回鮎川哲也賞に応募し、作品は受賞を逃すものの同年、本名の矢口敦子名で『家族の行方』として刊行。一九九七年には『人形になる』で第四十回女流新人賞を受賞。二〇〇七年、作品を気に入った書店員の売り込み企画が功を奏し、『償い』がベストセラーとなる。続いて再刊された『証し』（『VS』改題）も大ヒットを記録した。その他、早見江堂《はやみえどう》名義で本格推理小説も手がけている。

乙女チックなミステリー

本を買う場合の選択基準は何だろう。これまでは、新聞や雑誌の書評や口コミの影響が大きかったが、最近、新しい評価基準が生まれている。「書店員が選ぶ本」だ。雑誌「本の雑誌」が音頭をとって二〇〇四年からはじまった「本屋大賞」の受賞作品は、今や文学賞並みに注目され、いずれもベストセラーを記録した。書店の棚に、各店独自の「オススメ本」を売り込む手書きPOPが派手に飾られるようになったのは、ここ数年のことだ。

「ごめんなさい！　今までこんな面白いミステリを紹介していなくて」「こんなにも悲しくて、でも温かいミステリに出会えて本当によかった」。この熱いコピーを書店員に書かせたのが、矢口敦子の『償い』（二〇〇一）である。最初は単行本で刊行され、その二年後に文庫になったものの、売れ行きはパッとしなかった。ところが二〇〇七年、件のPOPが功を奏して売れはじめ、あっという間に六十一万部（二〇〇八年九月現在）を越えるベストセラーとなったのである。

脳外科医の日高英介は、子どもを病死させ妻を自殺に追いやったことから絶望し、ホームレスとなって東京郊外の街に流れ着く。偶然、ある刑事と知り合った日高は、その街で起きていた連続殺人事件の捜査に手を貸すようになる。そんなある日、公園で知り合った中学生の真介は、かつて彼が命を救った少年だったことを知る。他人の心の泣き声が聞こえるという真介を、日高は犯人として疑いはじめるが……。

このあらすじだけでも、主人公の前に偶然が二つも重なっている。偶然に刑事と出会い、偶然に自分が命を救った少年に話しかけられるのだ。偶然はあってもいい。だが、その後のストーリーに読者を納得させるだけの必然性がなければ、ただのご都合主義に過ぎない。

とはいえ、そうした危険を冒してしまう理由は、矢口作品における事件や謎が、登場人物の心情を炙り出すための装置としてしか機能していないからであろう。ならば、人物描写が優れているのかといえば、残念ながら作中に登場する人物たちは、作者の操り人形としか思えないのだ。

ひねくれ者の筆者は、以下のセリフを読んだだけでしらけてしまった。

「それは、肉体におよんだ暴力は第三者に見えるけれど、心におよんだ暴力は第三者には透視できませんからね。罰を与えるといっても、裁くための基準にすべきものがない。それに、心に受けた傷はいつか癒えるけれど、肉体を滅ぼされたら二度と蘇えらないことを忘れてはいけません」／「心に受けた傷がいつか癒えるなんて、どうして断言できるんです。心だって、致命傷を受ければ、死にます。死んでしまったら、決して蘇えりません。肉体も心も同じ材料でできているんじゃありませんか。（後略）」（『償い』、幻冬舎、二〇〇一）

文庫版『償い』の帯でコピーに使われた一文を含む、作品のクライマックス部分である。ここに述べられているのは、心とは元来純粋で弱く傷つきやすいものであるという、性善説ならぬ心善説であり、これは矢口作品に共通するテーマの一つでもある。そして、この臆面のない感情的なセリフ回しこそ、矢口の作品がウケた理由を象徴しているのだ。

前出のPOPの言葉を見返してみると、読者のターゲットは若い女性に絞られている。おそらく、推薦した書店員も女性に違いない。直接的でわかりやすい矢口作品は、そうした層に受け入れられる

「乙女チックミステリー」ともいうべきものであり、娯楽作品として二時間枠のサスペンステレビドラマを見るかのような気軽さが魅力なのだろう。

矢口自身も、そこを狙って書いているように見受けられる。彼女が早見江堂名義で本格推理小説ものを手がけるのは、その反動なのかもしれない。が、その本格ものも、残念ながらまだ「遊び」の域を脱していないように思えるのだが。

（井上）

【著書】
谷口敦子名義
『かぐや姫連続殺人事件』（講談社ノベルス、一九九一）
矢口敦子名義
『家族の行方』（創元クライム・クラブ、一九九四→創元推理文庫、二〇〇二）
『光の墓ータブーの森へ』（創史社ニュクリアノベルズ、一九九七）
『人形になる』（中央公論新社、一九九八→徳間文庫、二〇〇八）
『矩形の密室』（トクマ・ノベルズ、一九九八）
『真夜中の死者』（光文社カッパ・ノベルス、一九九九）
『そこにいる人』（中央公論新社、一九九九→幻冬舎文庫、二〇〇九）
『もういちど』（徳間書店、二〇〇〇）
『償い』（幻冬舎、二〇〇一→幻冬舎文庫、二〇〇三）
『証し』〈『VS』改題〉（幻冬舎、二〇〇二→幻冬舎文庫、二〇〇八）
『愛が理由』（角川春樹事務所、二〇〇五→幻冬舎文庫、二〇〇八）

『あれから』（幻冬舎、二〇〇九）

早見江堂名義

『本格ミステリ館焼失』（講談社、二〇〇七）

『青薔薇荘殺人事件』（講談社、二〇〇八）

『人外境の殺人』（講談社、二〇〇九）

桜木紫乃

――男女の関わりをテーマに

【さくらぎ・しの、一九六五（昭和四十）年四月十九日〜】
釧路市生まれ。現在は江別市に在住。釧路東高校を卒業後、地方裁判所職員を経て三十代から執筆をはじめる。二〇〇二年に『雪虫』で第八十二回オール讀物新人賞を受賞し、作家デビューを果たす。二〇〇七年、デビュー作を含む短編集『氷平線』（文藝春秋）を発表。北海道を舞台に男女の愛憎劇を描き、高く評価された。二〇〇八年には初の長編となる書き下ろしミステリー『風葬』（文藝春秋）を発表している。

原田康子を超えられるか

原田康子の『挽歌』を読んだことが、作家になる原点だったと新聞のインタビューで語る桜木は、道内の地方都市を舞台にした作品でデビューを飾り、高い評価を得た。作家としては、幸運なスタートといっていい。

評論家の池上冬樹《いけがみふゆき》は、「ともかく艶やかな文章、個性的な人物像、ゆるぎない語り、そして強力な主題把握。新人とは思えないほどの傑出ぶりだ。桜木紫乃はここ数年の新人のベスト1だろう」と絶賛している。

短編集『氷平線』が読者を魅了したのは、ありふれた男女の愛憎劇を、繊細な心理描写と官能的な性描写で描いたことにある。桜木自身も『雪虫』を文学賞に応募した動機として、「自分が描く男女の関わり、性描写が、文学の世界のどの辺りにあるのかを確認したかった」と語っている。つまり、男女の恋愛が彼女の小説の大きなテーマであるようなのだ。

ところが、初の長編『風葬』になると、帯に「書き下ろし新感覚官能ミステリー」と謳われるように、ミステリー色を前面に押し出し、デビュー作にはない一面を見せている。

舞台は根室である。「涙香岬におよぶ流氷の末端を見さけつつ立つ街遠く来て」という短歌を新聞に投稿した元教師・沢井徳一のもとに、認知症の母親がつぶやく「ルイカミサキ」という謎の言葉の意味を知りたいと、篠崎という女性が訪ねてくる。彼女の出現によって徳一は、三十年前に謎の死を遂げたある女生徒の存在を思い出し、その真相を探ることを決意をする。そこから浮かび上がってきたのは、篠崎という女性の出生の秘密と、かつて「根室の怪物」の異名をとったある一族の隠された歴史だった……。

「何を調べているか知らんが、川田の婆ぁの名前が出てきたところでやめておけよ」／振り返ると、天井を仰いでせせら笑っている矢島がいた。／「矢島さん、今、川田とおっしゃいましたよね」／矢島の視線がゆるゆると徳一に向けられた。徳一は矢島のいる場所まで素早く走り寄る。／「あなた、一体何を知っているんですか」／優作はコットンパンツのポケットからしぶしぶ札入れを取り出した。万札が一枚、千円札が六枚。迷いながら一万円札を抜き取った。矢島の手を取る。伸びた爪の間にびっしりと黒いものが詰まっていた。おおよそ人間の皮膚とは思えないぬるぬるとした感触にぞっとしながら、素早く二つ折りにした一万札を握らせる。(『風葬』、文藝春秋、二〇〇八)

前出の池上が賞賛するだけあり、ロシアを眼前にした根室の特異な地理と歴史を背景に、そこが閉鎖的な土地柄だからこそ起こり得る事件を丁寧に描いてゆく筆力は、なみなみならぬものがある。ところが、残念なことに終盤になると一気に失速してしまった。前半の謎かけでぐいぐいとひきつけられたにもかかわらず、結末がおざなりのため、欲求不満に陥ってしまうのだ。同時に、持ち味とされる官能性も、残念ながら本作ではほとんど感じられなかった。原田康子、そして藤堂志津子《とうどうしずこ》を超えるような三作目に期待したい。

(井上)

【著書】

『氷平線』(文藝春秋、二〇〇七)
『風葬』(文藝春秋、二〇〇八)

小路幸也

――不思議な浮遊感で描く、救いの物語

【しょうじ・ゆきや、一九六一（昭和三十六）年四月十七日～】

旭川市生まれ。現在は江別市に在住。三十八歳の時、職業作家を目指して、十四年間勤務した札幌の広告制作会社を退社。ゲームのシナリオライターや専門学校講師などをしながら小説を書き続け、四年後の二〇〇三年、『空を見上げる古い歌を口ずさむ　pulp-town fiction』が第二十九回メフィスト賞を受賞してデビュー。その後も、コンスタントに作品を発表しつづけている。ミステリーやファンタジー作品が中心の作風だが、ホームドラマ的味わいを持つ『東京バンドワゴン』（集英社、二〇〇六）の人気も高い。小路は北海道新聞（二〇〇八年十二月二十一日付）の取材で、「デビューから三年後に『東京バンドワゴン』が当たって、家族四人が食べていけるようになった」と語っている。

新しい発想に満ちた奇抜なストーリー

小路幸也のヒット作『東京バンドワゴン』（二〇〇六）は、東京下町の老舗古書店に暮らす八人家族が繰り広げる、涙あり笑いありのホームドラマだ。とはいえ、そこはメフィスト賞（講談社の小説誌「メフィスト」編集部が選ぶ非公募の新人賞）

受賞作家のこと、この小説もミステリー的結構を持つ。春・夏・秋・冬の四章で構成された物語は、一話ごとに事件や謎が提示され、それを家族たちがどうやって解決していくかが読みどころだ。さらに、物語を牽引していく語り部が幽霊のおばあちゃんという設定も効いており、その辺りのセンスに、ベタな人間ドラマから一線を画す作家の好みがうかがえる。

だが、ホームドラマとはいっても、例えば向田《むこうだ》・久世《くぜ》コンビが描いたような世界とは様相がまったく異なる。向田らは、ドタバタの楽しいお茶の間ホームドラマに、人間の醜いエゴや濃密な性、運命の悲哀を子どもたちに気づかれないよう確信犯的に散りばめた。しかし、小路の描く世界は、登場人物たちが魅力的であるにも関わらず、彼らに生臭いリアリティーは感じられない。

小路の作品世界は、都市育成シュミレーションゲームに似ている。街を創り、公園を創り、道路を創り、家を創り、キャラクターを創る——するとキャラクターが勝手にその小さな世界でおしゃべりをはじめ、仕事をし、恋をし、家族を作り、事件を起こし、彼らの人生が動き出す。読者はそれを楽しむ感じ、といったらよいだろうか。それは、ミステリー作品にも共通する不思議な浮遊感だ。

デビュー作の『空を見上げる古い歌を口ずさむ』(二〇〇三)もユニークな小説だ。突然、みんなの顔が「のっぺらぼう」に見えるといいだした「僕」の息子。その症状が出現したとき、姿を隠していた「僕」の兄(息子の伯父)が戻ってきた。兄はかつて、故郷の「パルプ町」で起こったあるできごとの真相を語りはじめる。

パルプ町は、実際に旭川市に存在する。日本製紙の製造工場によって成立していた町で、そのためにこの奇妙な地名がつけられた。いまも呼称が残り、小路はここの出身のようだ。

この小さな「パルプ町」で次々と人が死ぬ。地元の少年たちがその謎を解明するために立ち上がるが、その背景には「解す者」「稀人」「違い者」という異能者の存在があった。ミステリーとファンタジー的要素を併せもったこの作品、スティーヴン・キングの『スタンド・バイ・ミー』ばりに少年たちを生き生きと描き、ストーリーの奇抜さでぐいぐい読ませる。このように、小路作品はどれも新しい発想に満ちている。

何かをしたかったんだと思う。動きたかった。ヤスッパは消えて行方はわからない。僕はのっぺらぼうを視るという変な病気になっている。サンタさんが自殺してバンバのオヤジが死んで、正体不明の少年がいて白いシャツの男がいる。

怖いのと、面白いのが両方だったと思う。子供なんかそんなものだったろう。今でもそれは変わらないんじゃないか?（『空を見上げる古い歌を口ずさむ』、講談社文庫、二〇〇七）

前述したように、彼が描く若い登場人物たちは、深いトラウマ（長編『ホームタウン』〔二〇〇五〕では両親が殺しあった末に死んでいる）に苦悩しているときも、目の前で殺人事件が起こり死ぬほどびっくりしたときも、彼らの受けた心の傷からは生々しい血の匂いは漂ってこない。登場人物たちは、小路の創造した物語世界にボタン一つで配置されたように、その経験も人生もどこか希薄なのである。でも、それを否定したいわけではない。そのように創造されているからこそ、彼ら登場人物は、小路が描きたいと願う究極の救いの物語を、最も効率的かつ愛情豊かに演じられると言いたいのだ。（井上）

【主な著書】＊ミステリー系の作品を中心に挙げる

『空を見上げる古い歌を口ずさむ　pulp-townfiction』（講談社、二〇〇一→講談社文庫、二〇〇七）
『高く遠く空へ歌ううた　pulp-townfiction』（講談社、二〇〇四→講談社文庫、二〇〇八）
『Q・O・L』（集英社、二〇〇四→講談社文庫、二〇〇七）
『そこへ届くのは僕たちの声』（新潮社、二〇〇四）
『HEARTBEAT』（東京創元社ミステリフロンティア、二〇〇五→講談社文庫、二〇〇七）
『HOME TOWN　ホームタウン』（幻冬舎、二〇〇五→幻冬舎文庫、二〇〇八）
『カレンダーボーイ』（ポプラ社、二〇〇七）
『HEARTBLUE』（東京創元社ミステリフロンティア、二〇〇七）
『空へ向かう花』（講談社、二〇〇八）
『残される者たちへ』（小学館、二〇〇八）

東京バンドワゴンシリーズ

『東京バンドワゴン』（集英社、二〇〇六→集英社文庫、二〇〇八）
『シー・ラブズ・ユー　東京バンドワゴン』（集英社、二〇〇七→集英社文庫、二〇〇九）
『スタンド・バイ・ミー　東京バンドワゴン』（集英社、二〇〇八）
『マイ・ブルー・ヘブン　東京バンドワゴン』（集英社、二〇〇九）

佐藤友哉
――二十一世紀に息づく、北海道ミステリー作家の潮流

【さとう・ゆうや、一九八〇（昭和五十五）年〜】

千歳市生まれ。地元の高校を卒業後、十九歳の時に雑誌「メフィスト」に投稿した『フリッカー式　鏡公彦にうってつけの殺人』で、第二十一回「メフィスト賞」を受賞しデビューする。上京後、デビュー第二作となる「鏡家サーガ」シリーズを発表。二〇〇五年には、『1000の小説とバックベアード』が第二十回三島由紀夫賞を受賞。さらに、野間文芸新人賞候補に『子供たち怒る怒る怒る』（二〇〇五）と『灰色のダイエットコカコーラ』（二〇〇七）が選ばれている。なお、本書で紹介する最年少の作家である。

「恐るべき子ども」が生み出した「おとぎの世界」

北海道はミステリー作家を、常にその時代の前衛へと送り出してきた。それが偶然なのか必然なのかはわからないが、これまで書いてきた顔触れを見るとそれは事実であり、その潮流の先に佐藤友哉の存在があると、筆者には思われる。

現在、世代別のカテゴリーとして、二〇〇〇年代に台頭してきた若き作家たちのことを「ゼロの波の新人」と呼ぶそうだ。なかでも佐藤友哉は、舞城王太郎、西尾維新と並ぶ、その世代を代表する作家の一人として認知されている。

佐藤の作品は、あらかじめ世界が破滅していたり、あるいは何かが失われていたりするところに物語が構築されていく。そして、人はいとも簡単に殺し殺され、自殺し、ときには近親で交わり、食べられたりもするのだから、読んでいて気分のいい小説ではない。

さらに、小説の舞台には著者の故郷である北海道(ことに千歳市)がしばしば使われる。だが、道民はそれを喜んではいけない。そこは大型スーパーやファストフード店、コンビニが建ち並ぶ、現代日本の画一化された風景であり、その「顔のなさ」こそが小説の非日常性を補完する材料にもなっている。北海道独自の風土性など、少しも必要とされていないのだ。

そうした意味で、彼の作品はファンタジーとも言え、その徹底した虚構のなかに、いまの若者のリアルな気分が充満している。佐藤友哉という若き作家が、同世代の読者のために創った「おとぎ話」だと考えれば納得できるのだ。童話は多くの教訓を含むというが、子どもの視点でみれば、そんなことはあまり関係がない。子どもたちは、彼らが恐れかつ嫌悪する邪悪なるもの(継母や魔女や鬼など)が、物語のなかで殺されるなり排除されることで快感を得、興奮するのだ。佐藤作品の熱烈な読者が多い理由は、童話同様、不愉快でつらい物語の背景から、そんな愉悦の鍵を見つける期待感にあるのかもしれない。

とはいえ、筆者がはじめて佐藤作品を目にしたときは、子どもが虫を弄ぶようなふざけた残酷さと、

ＮＨＫのテレビ番組「真剣10代しゃべり場」で討論する若者たちを思わせる「あーでもない、こーでもない」の饒舌ぶりに、正直辟易してしまった。口のなかに、無理やり大量のジャンクフードをぶち込まれたような気分で、嫌々ながら読みはじめたのだが、慣れてみるとこれが意外にいける。人工調味料の旨さとでもいうべきか、癖になるのだ。

また、「鏡家兄弟」をはじめとする佐藤の造形するキャラクターの魅力と、そんな登場人物たちが吐く独特な語り口（引用を多様することなど）の妙が大きいのだろう。さらに、混線し散らばった謎を、エンドロールに向かって集約し閉じていく構成力には、読者を納得させるだけの力量がある。

「ねえ公彦……」姉の唇が次の動作に移るまで、わずかだが間があった。「佐奈のことが好きだったのね？」そのときの姉の表情は、寒気が発生するくらい優しかった。「はあ？」あわてている自分がいた。冷や汗でも流れそうな心境。僕は姉と目を合わせずに云った。「ついにイカレちまったみたいだね姉さん。はは、良かったじゃないか。これでようやく天国の癒奈姉さんと……」「私たち兄弟の中に、狂っていない人間なんていないわ」（『フリッカー式　鏡公彦にうってつけの殺人』、講談社文庫、二〇〇七）

この先、大人（おじさん）になっていく彼が何を書き、どんな読者を相手にしていくのかに興味を覚えていたところ、二〇〇九年から雑誌「ＫＥＮＺＡＮＮ」で『黒不死岳心中』なる時代小説の連載をスタートさせた。なんと、明治期幕開け時の北海道が舞台で、調査旅行のため道内を訪れた十七歳のイギリス娘と、道南の小さな村に住む十九歳の少年の出会いを軸に展開していくようだ。
今までの「ぶっ飛び」小説とは一線を画した、至って真っ当な書き出しに、肩透かしされた気分だが、果たして、これまでのファンをも魅了する佐藤友哉的時代小説となるか？　とにかく、彼の未知なる才能に今は期待したい。
（井上）

【著書】

『フリッカー式　鏡公彦にうってつけの殺人』（講談社ノベルス、二〇〇一→講談社文庫、二〇〇七）
『エナメルを塗った魂の比重　鏡稜子ときせかえ密室』（講談社ノベルス、二〇〇一→講談社文庫、二〇〇七）
『水没ピアノ　鏡創士がひきもどす犯罪』（講談社ノベルス、二〇〇二→講談社文庫、二〇〇八）
『クリスマス・テロル　Invisible×Inventor』（講談社ノベルス、二〇〇二→講談社文庫、二〇〇九）
『鏡姉妹の飛ぶ教室〈鏡家サーガ〉例外編』（講談社ノベルス、二〇〇五）
『子供たち怒る怒る怒る』（新潮社、二〇〇五→新潮文庫、二〇〇八）
『１０００の小説とバックベアード』（新潮社、二〇〇七）
『灰色のダイエットコカコーラ』（講談社、二〇〇七）
『世界の終わりの終わり』（角川書店、二〇〇七）
『青酸クリームソーダ〈鏡家サーガ〉入門編』（講談社ノベルス、二〇〇九）

III　ミステリーも手がけた作家たち

原田康子
渡辺淳一
荒巻義雄
嵯峨島昭（宇能鴻一郎）
久間十義

原田康子

――作家としての原点であるミステリー

【はらだ・やすこ、一九二八（昭和三）年一月十二日〜】

東京都に生まれるが、二歳の時に釧路市へ移住し育つ。本名は佐々木康子。実家は「雑穀王」と呼ばれる地元有数の商家だった。市立釧路高等女学校を経て、東北海道新聞社に入社。記者として勤めながら、一九四九（昭和二十四）年に同人誌「北方文芸」に処女作『冬の雨』を発表。三年後、鳥居省三《とりいしょうぞう》主宰の「北海文学」に参加し、作品を発表し続ける。一九五一年、北海道新聞社記者の佐々木喜男《ささきよしお》と結婚。翌年『サビタの記憶』を執筆し、一九五四年に雑誌「新潮」同人雑誌賞に応募したところ最終候補に残り、伊藤整らの高い評価を得る。翌年から「北海文学」誌上で長編『挽歌』を連載。一九五六年に東都書房から出版されると、七十万部を越える大ベストセラーを記録し、映画化もされ大きな反響を呼んだ。これまでに、『挽歌』と『蠟涙』（一九九九）で女流文学賞、『海霧』（二〇〇二）で第三十七回吉川英治文学賞を受賞している。

ミステリーを書いた理由

原田康子といえば、やはり『挽歌』（一九五六）である。従ってその作風は、男女の愛を描いた純文学作家と思われがちだ。あるいは近年の『海霧』などから、大河小説作家というイメージがあるかもしれない。ところが、意外にも原田はミステリー志向の強い作家だった。幼少の頃、自宅の書棚にあった江戸川乱歩を読んだことから読書癖がはじまり、はじめて買った本はポーの『黒猫』だったという筋金入りなのである。

原田がミステリーを意識して書いた最初の作品が、一九六二（昭和三十七）年発表の『殺人者』である。主人公の洲本淳子は、二十一歳の社長令嬢だ。奔放で多感な彼女は、絵を買うために父親の小切手を盗んだことが発覚し、小樽での謹慎生活を命じられる。そんなある日、殺人を犯し逃亡中の青年白戸礼太が、彼女の部屋に潜んでいたところに出くわす。淳子は警察に通報せず、ここから二人の奇妙な同居が始まる……。

「出してほしい」と白戸礼太は言った。／「あんたを巻きぞえにはしたくはない」／「あたし、巻きぞえにされたなんて思わない」／わたしは素気《そっけ》なく言いかえした。／「平気よ、そんなこと……」／「あんたは他人だ。あんたを巻きぞえにする筋合いはない」／怒りがとつぜんわたしの身内をつらぬいた。神経をすりへらしたあげくに、聞かされた言葉がこれなのだ。この一昼夜の恐怖と不安と緊張とはなんのためにあったというのだ。／「わかったわ」とわたしは声を殺した。／「ひとりでいい子になりたいってわけね。立派なもんだわ。警察じゃ、さぞかしよろこぶでしょうよ。なんならお巡りの前で泣くといい。せいぜい心証をよくするわよ。(後略)」／白戸礼太はなにかを言いかけようとした。わたしはその隙《すき》をあたえずにするどく相手を見あげた。／「そうはさせないわ」／

「……」／「そうはさせないって言ったのよ。あなたの好きなようにはさせない。自首なんか絶対させない」（『殺人者』、新潮文庫、一九八五）

エゴと感傷がない交ぜになった少女特有の屈折した心理描写は、原田の得意とするところでもあり秀逸だ。だがこのスリリングな作品は、本人曰く「ぱっとした評価を得なかった」という。主人公の淳子像が『挽歌』の兵頭怜子とよく似ており、『挽歌』の二番煎じに映ってしまったからだろう。

この時期、原田は『殺人者』ばかりでなく、短編でも盛んにミステリーを書いている。後に『素直な容疑者』として一冊にまとめられたが、その理由はなんであろうか。

衝撃的デビューを飾った原田は、『挽歌』を凌ぐ作品を周囲から期待されていた。しかし、その後発表した作品は酷評され続け、ついに恩人の伊藤整にまで「ぼくがあれだけ推薦して文壇に推し出したのに、君、少し怠けすぎだよ」と苦言を呈される有様だった。原田がようやく暗いトンネルから抜け出したのは、デビューから九年後の一九六五年に発表した『渚にて』（『蠟涙』所収、講談社、一九九九）が、平野謙や山本健吉《やまもとけんきち》、河上徹太郎《かわかみてつたろう》らに評価されてからのことだ。

以降の原田は、決して多作とはいえないものの、SFやサスペンス、時代小説など新境地に挑戦し、多彩な作品を書き残してきた。そして、彼女がミステリーを量産した時期は、長いスランプの時期と重なっている。原田にとってのミステリーは、読書の楽しさを教えてくれた原点だ。辛い時代に生み出されたミステリー作品群は、小説の意味を問い続けた原田の試行の産物だった。

（井上）

【著書】＊主な作品はほとんど文庫化されている。ここでは、文中で紹介した作品のみ示す
『挽歌』（東都書房、一九五六→新潮文庫、一九六一）
『殺人者』（中央公論社、一九六二→新潮文庫、一九八五）
『素直な容疑者』（作品社、一九八〇→講談社文庫、一九八四）
『蠟涙』（講談社、一九九九→講談社文庫、二〇〇二）
『海霧』〈上・下〉（講談社、二〇〇二→講談社文庫〈上・中・下〉、二〇〇五）

参考資料
北海道新聞「私のなかの歴史」（二〇〇七年四月九日～五月二日）

渡辺淳一

――心の謎への飽くなき探求心

【わたなべ・じゅんいち、一九三三（昭和八）年十月二十四日〜】

空知《そらち》郡上砂川《かみすながわ》町生まれ。札幌南高校を経て、札幌医科大学医学部に入学する。卒業後、同大整形外科の助手や講師として勤めながら、同人誌「くりま」に小説を発表。一九六九（昭和四十四）年、同大学の和田寿郎《わだじゅろう》教授による心臓移植事件を題材にした『小説・心臓移植』（後に『白い宴』に改題）を発表し直木賞候補となる。翌年、『光と影』で第六十三回直木賞を受賞。現在に至るまでベストセラー作家として活躍する。

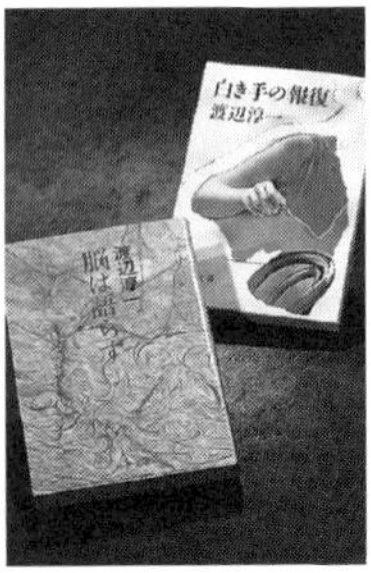

ミステリー好きには一読の価値あり

今や性愛小説の大家というイメージが定着してしまった渡辺淳一だが、創作活動の初期にはミステリー的味わいを持つ作品がいくつもある。渡辺が大学を辞めるきっかけとなった『小説・心臓移植』も、日本初の心臓移植を断行する経過が若き医師の視点からスリリングに描かれ、硬質な文体と終始冷静さを失わない文調は、ハードボイルド的といっても過言ではない。

ミステリー色の強い作品としては、長編『脳は語らず』（一九九一）や『桐に赤い花が咲く』（一九八二）、短編では『葡萄』（『四月の風見鶏』所収、文藝春秋、一九七六）や『背を見せた女』（『白き手の報復』所収）などが挙げられる。いずれも、ミステリー好きにとっては見逃せない、一読の価値がある作品だ。

そして、これら作品の主役たちが実に多彩なのである。『脳は語らず』ではロボトミー手術の訴訟を追う記者、『桐に赤い花〜』は二件の猟奇殺人を追う刑事、『葡萄』は検体女性の胃から出てきた葡萄の種に興味を抱く医学生、『背を〜』は深夜の標本室をうろつく女性患者を探すインターンである。

私はなにが起きたのかわからぬままに、いま女性が消えていった廊下を見ていましたが、そこは、もうなにもなかったように静まりかえり、天井の電球だけが霊安室へ続く廊下をうっすら映し出していました。（『背を見せた女』（『白き手の報復』所収、新潮文庫、一九八五））

目の前に用意された謎を、彼らは探ってゆく。そのスリリングな経緯に目が離せなくなると同時に、謎そのものへの執着よりも、背後に潜む人間の心の不可解さに作品の焦点は絞られてゆく。近年の渡辺作品は、その性愛描写ばかりが取り沙汰されるが、『失楽園』（一九九七）も『愛の流刑地』（二〇〇六）も、人間の心の不可解さを追究したミステリー作品として読むべきものなのかもしれない。

あるインタビューで渡辺は、医学は論理を追求し、文学は精神面・非論理的な面に光をあてると語り、「非論理という点で、最も際立つのが、愛やエロスの感覚であり、感性である」と結論する。どんな恋愛や事件にも物理的な身体が介在する。それを突き詰めれば、一個の細胞、果ては分子、原子、素粒子、量子まで肉体は解明されつつある。だが、肉体をいくら切り刻んでも一向に見えてこないのが、人の心の仕組みだ。その不可解さこそが、渡辺に老いてなお「言葉」というメスを握らせ続ける由縁なのだろう。
（井上）

【著書】＊ほとんどの作品は文庫で読むことができる。以下、文中で紹介した作品のみ挙げる

『白い宴』〈『小説・心臓移植』改題〉（文藝春秋、一九六九→角川書店、一九七六）
『光と影』（文藝春秋、一九七〇→文春文庫、二〇〇八）
『葡萄』（文藝春秋、一九七六→角川文庫、一九八六）
『桐に赤い花が咲く』（集英社文庫、一九八一）
『白き手の報復』（毎日新聞社、一九七二→新潮文庫、一九八五）
『脳は語らず』（新潮文庫、一九九一→中公文庫、一九九三）
『失楽園』〈上・下〉（講談社、一九九七→角川文庫、二〇〇四）
『愛の流刑地』〈上・下〉（幻冬舎、二〇〇六→幻冬舎文庫、二〇〇七）

荒巻義雄

——伝奇色の濃い荒巻的ミステリー

【あらまき・よしお、一九三三（昭和八）年四月十二日〜】

小樽市生まれ。本名は荒巻義雅。札幌南高校を経て、早稲田大学第一文学部心理学科を卒業後、出版社に勤務する。一九六二（昭和三十七）年、土木関係の家業を継ぐため札幌に戻り、北海学園大学工学部建築学科に入り直し卒業している。作家としてのデビューは、「SFマガジン」に発表した評論『術の小説論』で、一九七二年に短編『白壁の文字は夕日に映える』で星雲賞日本短編賞を受賞。一九七〇年代以降は、本格ミステリーや伝記ものを中心に創作活動を続けるが、九〇年代に入って発表した「架空戦記シリーズ」が人気を博し、以後はそのシリーズ作を中心に執筆を行っている。

「架空戦記」前の作品に一興あり

荒巻義雄といえば、「紺碧の艦隊」や「旭日の艦隊」などの架空歴史戦記シリーズでよく知られるが、これらの作品は彼の長い作家歴の後半を彩るものだ。それまでは、幻想小説や推理小説的テイストの作品を数多く発表しており、その多くが古今東西の伝説や伝記、陰謀説や超科学理論を媒介に展開する伝奇色の濃さが特徴だった。故郷である北海道を舞台にした作品も少なくないが、それらの作品がトンデモ話に終わらないのは、その空想を荒巻の持つ膨大な知識が下支えしているからだろう。

なかでも、本格ミステリーを意識して書いたと思われるのが『天女の密室』（一九七七）と、その続編『石の結社』（一九七九）である。前者は浦島伝説を下敷きにした密室殺人事件、後者はフリーメーソンにまつわる言い伝えを伏線にした連続殺人事件を描く。

両作品に探偵役として登場するのが、画家の條里嶋成なる人物だ。「画家」は荒巻が好んで使う人物像だが、彼の絵画への造詣の深さは父親の影響がある。荒巻の父親は、小樽と札幌で土木関連の会社を経営した人物であったが、同時に素人画家でもあった。趣味が高じて「札幌時計台ギャラリー」（札幌市中央区北一西三）を開設しており、現在は息子の荒巻がオーナーを務めている。

『天女の密室』は、主役の條里嶋成が記憶喪失で入院しているところからはじまる。物語の視点は嶋成にあり、読者は彼とともに失われた過去を探すことになるのだ。彼が記憶を失ったのは三年前、新婚初夜に起こった不審なガス中毒事故が原因だった。妻はその事故で亡くなり、さらに二十年前にも同じ場所で妻の母親がガス自殺を遂げていたことがわかる。そして、記憶を探り続ける條里の前に、浦島伝説に彩られた妻の一族を巡る奇怪な過去が浮かびあがってくる。

「……それで君たちは、当夜はこの書院造りのほうの茶室に泊まったわけだね」／「そうです。旅行先で彼女から、先祖代々宇良家に伝わっているというその儀式のことを聴いたんです……」（中略）「それが、いつ頃から始まったものかは、彼女も知りませんでした。しかし宇良家ってのはずっと大昔から女系の家柄だったっていいます。多分その行事もそんな家系から由来してつづけられてきたのだろう……と話してました」／嶋成はそう語りながら、記憶を遡行させる。彼はウベア島の海原を望見しつつ、その宇良家に絡《まつ》わる海人系の伝承を聴かされたのだった。（『天女の密室』、実業之日本社、一九七七）

本作は、構想こそ面白いものの、いかんせん嶋成という人物に愛着を持つことができない。悲劇的な過去が暴かれてゆくにもかかわらず、女性との性的交渉には積極的であるし、絵画への意欲も有り余るほどある。その、ナルシシズムともクールともとれる人物像が、何か不快な感触を与えるのだ。そのあたりに、本作がシリーズ化されなかった一因があるのかもしれない。

番外編として、荒巻自身への興味が湧く初期作『白き日旅立てば不死』（一九七二）をご紹介しよう。精神病を患う男の想像と記憶が入り乱れる謎めいた作品だが、このなかに、主人公の高校時代のガールフレンドで、後に自殺する加納純子なる女性が登場する。物語では、この少女が男の人生における「運命の女（ファム・ファタール）」的な役目を担う。

ところで、荒巻は作家の渡辺淳一と高校の同期生だ。つまり、渡辺の処女作『阿寒に果つ』（一九七三）のモデルとなったことで知られる加清純子《かせいじゅんこ》を、荒巻も知っていることになる。そして、『白き日旅立てば不死』に出てくる少女は、その設定やよく似た名から察して、おそらく『阿寒に果つ』のモデルである加清純子と同一人物に違いない。荒巻の作品には、彼女の死の真相に触れる場面もあり、渡辺とは違った角度からの加清純子像が捉えられている。

ちなみに、荒巻の本は『阿寒に果つ』の翌年に刊行された。このタイミングで、同じ人物を小説に登場させた荒巻の真意は如何に？　荒巻のミステリー作品とは関係ないが、そちらのミステリーも気になる。

（井上）

【著書】　＊架空戦記以前の作品はほとんどが絶版だが、古書でなら入手可能。以下、主なものを示す

『白き日旅立てば不死』（早川書房日本ＳＦノヴェルズ、一九七二↓早川文庫ＪＡ、二〇〇〇）

『天女の密室』（実業之日本社、一九七七↓角川文庫、一九八一）

『石の結社』（実業之日本社、一九七九↓角川文庫、一九八三）

『ある晴れた日のウィーンは森の中にたたずむ』（講談社文庫、一九八〇）＊幻想ＳＦ短編集

『黄河遺宝殺人事件』（講談社ノベルス、一九八八）

『日光霊ライン殺人事件』（講談社ノベルス、一九八六）

『「能登モーゼ伝説」殺人事件』（講談社文庫、一九九三）

『「新説邪馬台国の謎」殺人事件』（講談社文庫、一九九二）

嵯峨島 昭（宇能鴻一郎）

——変態する鬼才の片鱗

【さがしま・あきら、一九三四（昭和九）年七月二十五日〜】

札幌市生まれ。本名は鵜野廣澄。北海道に生まれるが、東京、山口、福岡、満州、長野などを転々とした後、福岡で高校を卒業する。一九五五（昭和三十）年に東京大学国文学科へ入学、その後大学院に進む。その頃から同人誌「半世界」に参加し、北杜夫《きたもりお》、水上勉《みずかみつとむ》、川上宗薫《かわかみそうくん》、佐藤愛子《さとうあいこ》らが同人にいた。一九六一年、宇能《うの》鴻一郎《こういちろう》名義の『光の飢え』がはじめて芥川賞候補となり、翌年、『鯨神』で第四十六回芥川賞を受賞、専業作家となる。純文学作家としてスタートを切ったが、次第に官能小説を多く発表するようになり、官能作家として知られるようになる。一九七二年、「嵯峨島昭」のペンネームで推理小説『踊り子殺人事件』を発表。その後一〜二年に一本のペースで嵯峨島名義の作品を発表し、一九九三年の『「活けじめ美女」殺人事件』を最後に新作は発表していない。ペンネームは、「探しましょう」をもじったもの。

官能作家・宇能の異能ぶり

作家が別名でまったく異なるスタイルの小説を発表するというスタイルは、第二部で紹介した加田伶太郎（福永武彦）や、林不忘・牧逸馬・谷譲次と三つの名を操った長谷川海太郎という怪物作家に通じる。そこには、作家の遊びの精神が見てとれると同時に、作品の質も伴っていたのは、彼らが優れた才能とセンスの持ち主であったればのことだろう。

さて、「あたし……ですぅ」といった独白スタイルの官能小説で人気を博した宇能鴻一郎《うのこういちろう》は、福永や長谷川のような文学世界から少し外れた、通俗作家としてよく知られる。そんな宇能が、嵯峨島昭の名義で推理小説を発表したのは、ちょうど官能作家としての地位を確立した時期と重なっている。

売れっ子作家が覆面で推理小説を書いたとはいえ、『踊り子殺人事件』（一九八一）、『ラーメン殺人事件』（一九九二）、『札幌夫人』（一九八一）と書名がくだけていることもあって、宇能の場合は高尚な試みというより単なるおふざけの類と思われがちだ。

ところが、作品を読んでみるとこれが侮れないのだ。女性の人物造形に多少偏りがあるのは、作者の嗜好によるものとしても、巧妙なトリックやそこで展開される心理劇は実に鮮やかで、ミステリーを充分堪能させてくれる。さらに、レギュラー陣には著者の名をもじったと思しき酒島章警部や素人探偵・鮎子などを配し、シリーズとしての魅力も盛り込まれているのである。

また、宇能自身が相当の食通のようで、『グルメ殺人事件』（一九八二）など一連の「グルメもの」には、数々の料理が登場する。それらが見事に描写され、読んでいて喉が鳴ること請けあいだ。

平束はもう、肌身はなさぬ手錠を握っている。／「困った仕事中毒患者だね。ケチなトバク犯など、ほっとけよ」／「いやだ、あんたが承知しねえなら、おれ一人で踏み込む。全員ジュズつなぎに、ひっくくってやる。あとの面倒など、知ったこっちゃねえ」／「弱ったな……じゃ私が、様子を見てこよう。部屋はどこだね」／気軽に酒島は立ち上がった。しかしサイコロの音のするほうには行かずに、いい匂いのする方向にふらふらと曲がってしまった。台所の入口に出た。／「こういう才能があるんだな自分には……。パリでも香港でも、鼻だけで必ず、うまいもののある所にたどりつく」／独《ひと》りごとを言いながら、酒島は調理場をのぞきこんだ。／若い、ちょっと翳《かげ》りのある美人が、白い腕で包丁をふるって、鰻を裂いていた。その手さばきがあざやかだった。／白い指が、身もだえし、まといつく鰻を握って引き上げる。マナイタに横たえる。包丁の切っ先が首のあたりを撫でると、鰻は魔法にかけられたようにおとなしくなる。（『鰻料理殺人事件』〈『ラーメン殺人事件』所収、光文社文庫、一九九二〉）

かつて、『鯨神』（文藝春秋新社、一九六二）という壮大なスケールを持つ傑作で芥川賞をとった宇能だけに、その手腕にはただならぬものがある。ミステリーという宇能の余技からは、変態する鬼才の片鱗がうかがえるのだ。（井上）

【著書】　＊ミステリー作品のほとんどが絶版だが、古書でなら入手可能
『湘南夫人』（光文社カッパ・ノベルス、一九七八→光文社文庫、一九八九）
『軽井沢夫人』（光文社カッパ・ノベルス、一九七九→光文社文庫、一九八八）
『猛獣狩殺人事件』（トクマ・ノベルス、一九八〇→徳間文庫、一九八四）

『深海恐竜殺人事件』（トクマ・ノベルス、一九八〇→徳間文庫、一九八五）
『踊り子殺人事件』（徳間文庫、一九八一）
『白い華燭』（光文社文庫、一九八四）
『札幌夫人』（廣済堂ブルーブックス、一九八一→光文社文庫、一九八九）
『愛と死の幕営』（廣済堂ブルーブックス、一九八一）＊短編集
『グルメ殺人事件』〈『デリシャス殺人事件』改題〉（光文社カッパ・ノベルス、一九八二→光文社文庫、一九八七）
『美食倶楽部殺人事件』〈『美食倶楽部―グルメ殺人事件』改題〉（光文社カッパ・ノベルス、一九八四→光文社文庫、一九八九）
『グルメ刑事《デカ》』（光文社文庫、一九九〇）
『ラーメン殺人事件』（光文社文庫、一九九一）
『秘湯ギャル探偵疾る！』（光文社文庫、一九九二）
『「活けじめ美女」殺人事件』（光文社文庫、一九九三）

久間十義
——ぶれない生真面目な視点

【ひさま・じゅうぎ、一九五三（昭和二十八）年十一月二十七日～】

新冠《にいかっぷ》郡新冠町生まれ。札幌南高校を経て、早稲田大学第一文学部仏文科を卒業。学習塾を経営していたが、一九八七（昭和六十二）年に『マネーゲーム』が文藝賞佳作となり作家活動をスタートさせる。一九八九年、『聖マリア・らぷそでぃ』が第二回山本周五郎賞候補作となり、一九九〇年に『世紀末鯨鯢記』で第三回三島由紀夫賞を受賞。一九九三年、『海で三番目に強いもの』が第百十九回芥川龍之介賞候補作となっている。

実際の事件をモチーフに

久間の作品には、実際に起こった事件や史実をベースに新たな虚構を作りあげるスタイルが多い。デビュー作の『マネーゲーム』が豊田商事、『聖マリア・らぷそでぃ』はイエスの方舟、『世紀末鯨鯢《げいげい》記』は捕鯨問題、そして『ヤポニカ・タペストリー』では戦前の満州を題材にし、近年では医療問題を取り上げるなど、題材は多様だ。

そんな作品群のなかで目を引くのが、これまでに四作が出ている警察小説だ。今やブームともいえる警察小説だが、久間が最初に手がけた『刑事たちの夏』（一九九八）は、『半落ち』（二〇〇二）などで知られる横山秀夫《よこやまひでお》が警察小説を発表しはじめる前に刊行されており、ブームに先駆けていた。

他の作品同様、いずれの警察小説も実際の事件をモチーフにしている（と思われる）。一作目の『刑事たちの夏』は新井将敬《あらいしょうけい》議員の自殺にまで波及した大蔵省疑惑であり、二作目の『ダブルフェイス』（二〇〇〇）は東電OL殺人事件、三作目『ロンリー・ハート』（二〇〇二）は女子高校生コンクリート詰め殺人、そして四作目となる『サラマンダーの夜』（二〇〇四）では歌舞伎町雑居ビル火災と、誰もが知る事件を想起させられる。

その男は空から降ってきた。／梅雨があけたばかりの、抜けるような夏の青空から、両手両脚をひろげ、スカイダイバーのように大の字になって、真っ逆さまに。（『刑事たちの夏』、日本経済新聞社、一九九八）

この衝撃的な書き出しから、『刑事たちの夏』は二段組四二一ページに及ぶ長い物語がはじまる。歌舞伎町のホテルから墜落したのは、かねてから灰色高官と囁かれていた大蔵省審議官の白鳥靖男だった。自殺か他殺か……、捜査を開始した警視庁捜査一課刑事の松浦洋右は、他殺の可能性を示唆する重要な証拠を掴む。が、そこに警視庁上層部から強引な捜査終結の指令が下される。これに対抗して独自の捜査を進める松浦は、死んだ白鳥が遺したメモの存在を知った。そこに見え隠れする北海道リゾート開発の不正融資疑惑から、事件の真相に迫ろうとする松浦と闇の権力との壮絶な闘いが展開されてゆく。

主役の松浦は、不正を許せない熱血漢である。いってみれば、昔ながらの正しい警察官のあり方だ。脇を固める人物たちの造形にもぬかりはない。よき同僚がいて、魅力的な恋人がいて、ワケありの老練な刑事がいる。事件は終盤にさしかかると、激しいアクションあり、大がかりな仕掛けありと派手な展開を見せながら、劇的な大団円へと向かう。起承転結をきっちり押さえ、エンターテイメント作品としてぐいぐいと我々を引き込む手腕は見事だ。

一連の久間作品は、正義と悪がきっちりと分かれる。主役たちが悪を暴く時、そこには少しの逡巡もない。おそらく久間自身、社会に蔓延する事件や不正に対して強い問題意識を持ち、怒りを抱いているはずだ。ジャーナリズム的視点とでもいおうか。

「いいかい、もう一度言う。この事件には、それなりの決着がついた後、陰でほくそ笑む連中が出てくるんだ。そして、そいつらこそが本当のワルなんだ」と戸田は、真顔で言って続けた。(『ダブルフェイス』、幻冬舎、二〇〇〇)

とにかくこれで一件落着した訳じゃない。ここからが実は我々の闘いになる――そう心に言い聞かせた黒田の横で、まゆ子と鳥居がまなじりを決して桜の花を見つめていた。(『サラマンダーの夜』、角川書店、二〇〇四)

いずれの小説も、最後に独白される登場人物たち言葉から感じられるのは、クサイほどの真っ直ぐな正義感である。事件はあくまでも表層であり、そのウラに巣食う腐敗の構造や社会問題を掘り下げようとする生真面目な視点に、久間の作家性がある。

（井上）

【著書】

『マネーゲーム』（河出書房新社、一九八八→河出文庫、一九九〇）
『聖《サンタ》マリア・らぷそでぃ』（河出書房新社、一九八九→河出文庫、一九九三）
『世紀末鯨鯢記』（河出書房新社、一九九〇→河出文庫、一九九二）
『ヤポニカ・タペストリー』（河出書房新社、一九九二→河出文庫、一九九六）
『海で三番目につよいもの』（新潮社、一九九三）
『魔の国アンヌピウカ』（新潮社、一九九六）
『狂想曲』〈『狂騒曲1985〜1990』改題〉（角川書店、一九九七→角川文庫、二〇〇〇）
『刑事たちの夏』（日本経済新聞社、一九九八→幻冬舎文庫〈上・下〉、二〇〇〇→新潮文庫〈上・下〉、二〇〇九）
『ダブルフェイス』（幻冬舎、二〇〇〇→幻冬舎文庫、二〇〇三）
『オニビシ』（講談社、二〇〇〇）
『ロンリー・ハート』〈上・下〉（幻冬舎、二〇〇一→幻冬舎文庫、二〇〇八）
『放火《アカイヌ》』〈『サラマンダーの夜』改題〉（角川書店、二〇〇四→角川文庫、二〇〇九）
『聖ジェームス病院』（光文社、二〇〇五→光文社文庫、二〇〇八）
『生命徴候あり』（朝日新聞出版、二〇〇八）
『祈りのギブソン』（光文社、二〇〇九）

Ⅳ　ジャンルを横断するミステリー

川又千秋
朝松　健
森真沙子
宇江佐真理

川又千秋

――荒巻義雄の流れを汲む

【かわまた・ちあき、一九四八（昭和二十三）年十二月四日～】

小樽市生まれ。慶應義塾大学文学部を卒業後、博報堂にコピーライターとして勤務。学生時代からSFの同人会などに参加し、一九七二（昭和四十七）年にSF雑誌「季刊NW－SF」に短編『舌』を発表。一九七六年、雑誌「奇想天外」に『夢のカメラ』を発表し、本格的なデビューを飾る。一九七九年に専業作家となって以来、SFやファンタジー、冒険小説、架空戦記など幅広いジャンルの作品を数多く発表してきた多作家。SF評論やノンフィクションも手がける。一九八一年に『火星人先史』で第十二回星雲賞、一九八四年には『幻詩狩り』で第五回日本SF大賞をそれぞれ受賞。二〇〇七年には『幻詩狩り』が二十三年ぶりに復刊された。

『幻詩狩り』の荒唐無稽な面白さ

川又の代表作である『幻詩狩り』は、SFとファンタジーとミステリー小説の要素をあわせ持つ作品である。舞台は現代（一九八〇年代）で、刑事の坂元が女を尾行するところから物語ははじまる。女は

「ブツ」を売買するため、客との待ち合わせ場所に向かっている。尾行の末、辿りついたのは場末のホテル。坂元は内ポケットから自動小銃を抜き出し、間髪いれず部屋に踏み込む。

「待て！　待ってくれよ。私は知らん。な？　分かるだろう？　私は金が欲しかっただけだ。読みたかったわけじゃない。絶対に！　読んだりなんかするもんか！　関係ないんだ！　何も知らないんだ。まだ、みたこともないんだ！　信じてくれ！　本当なんだ……」／震える声でそんな文句をつぶやき、佐伯はイモ虫のように這って逃げようとする。（『幻詩狩り』、中央公論社、一九八四）

序盤は、まさに犯罪小説のノリだ。しかし、坂元が押収しようとしている「ブツ」とは、麻薬でも覚醒剤でもない。「時の黄金」と題する一遍の詩なのである。そしてこれこそ、人々を幻惑し死に至らしめる魔力を持った言葉なのだ。

場面は一転、時代は一九四八（昭和二十三）年に遡り、舞台もニューヨークへと移る。シュールレアリスムの創始者であるアンドレ・ブルトンは、長い間、通りのカフェでフー・メイという無名の詩人を待っていた。このフーという青年こそ、「時の黄金」の作者なのだ。この後、物語はこの悪魔の詩の行方を追って、ニューヨーク、日本、そして近未来の火星植民地まで、時空を飛び越えて展開してゆく。

この奇妙な物語の構想を川又が思いついたきっかけは、彼がシュールレアリストに自殺者が多いことに気づいた際、「それら自殺の原因を、なんらかの虚構によって繋ぎ合わせることはできないかと考えてみたのである。結果、思い浮かんだのが麻薬的効果を持つ文字列……〝幻詩〟であった」と述べている。奇想天外な話だが、プロットがしっかり練られているので充分説得力を持つ。荒巻義雄の初期作品『柔らかい時計』(一九七八)などに、エンターテイメント性を加味した作風とでもいえばよいだろうか。架空戦記ものへの傾倒もそうだが、川又はおそらく荒巻の熱心な読者に違いない。もっといえば、川又こそ荒巻を継ぐ作家なのである。(井上)

【著書】＊架空戦記以前の作品はほとんどが絶版だが、古書でなら入手可能

『幻詩狩り』(中央公論社C・ノベルス、一九八四→中公文庫、一九八五→創元SF文庫、二〇〇七)

＊ラバウル烈風空戦録シリーズ、「飛龍空戦記」シリーズ、「血風インドシナ空戦録」シリーズなど、架空戦記ものの人気が高い。

朝松 健
——筋金入りのホラー作家

【あさまつ・けん、一九五六（昭和三十一）年四月十日〜】
札幌市生まれ。本名は松井克弘。札幌月寒高校を経て、東洋大学文学部仏教学科卒業。澁澤龍彦《しぶさわたつひこ》ファンの父親の影響で、怪奇幻想文学に興味を持つようになる。一九七二（昭和四十七）年、平井呈一や紀《き》田《だ》順一郎《じゅんいちろう》、荒俣宏などが後見人となり、幻想怪奇小説の同人会「黒魔団」を自ら設立し、執筆活動をはじめる。大学卒業後は国書刊行会の編集者やオカルトライターなどを経て、一九八六年に『魔教の幻影』で作家デビュー。数々のシリーズを発表し、現在までに百作以上の作品を生んでいる。本格ホラーやファンタジー、時代伝奇小説と作風は幅広く、『凶獣幻野』『魔犬召喚』など北海道を舞台にした作品も多い。二〇〇六年には、短編『東山殿御庭』が第五十八回日本推理作家協会賞短編部門の候補作となった。自作のほか、クトゥルー神話を独自に編纂した『秘神界』を発表し、後に英訳されている。ペンネームの朝松健は、英国の怪奇作家アーサー・マッケンにちなむ。

ホラーとミステリーの境界をゆく

朝松健は、筋金入りのホラー作家である。いや、伝奇小説作家といってもいい。その百冊以上に及ぶ作品群を、ミステリーの範疇に含めることができるか否かの判断は難しい。が、ミステリーの定義を、「物語の中に事件や謎があり、それを解く人間が登場して、なんらかの解決を提示する結構を持つ」とするならば、朝松は間違いなくミステリー作家といえる。

数多くのシリーズ作品をみると、そこに登場するのは高校生や新聞記者、魔術戦士、一休宗純と、実に多様だ。だが、彼らの前で事件が発生し、それに巻き込まれた結果、謎解きがなされてゆくというスタイルは、どの作品にも共通している。朝松の作品が根強いファンに支えられているのは、オカルト的要素をふんだんに盛り込んだ奇想の魅力を、定型化された物語の構造を踏襲しながら展開させてゆく、そのわかりやすさにあるといっていい。

朝松のオカルトや怪奇文学への造詣は相当なものだが、その作品世界には、マニアや研究者たちの閉鎖的世界からは離れた、あくまでもエンターテイメント作家としての立場を貫く姿勢がみてとれる。手元にある「真田三妖伝シリーズ」のカバーに銘打たれた「長編娯楽時代伝奇小説」というコピーは、「娯楽」の文字だけ大きくし、色まで変えて強調されている。そんなところにも、朝松作品の志向が表れている。


全身で闇の薄膜を破ったような感じがした。／戸口の向こうは、外から見たような、濃い闇に覆われてはいなかった。そこここに設けられた明かりが小さく揺れていた。ずっと奥のほうからは銀燭の煌々《こうこう》たる光も洩れてくる。／(どうして、あんなに暗く見えたのだろう)／と一休は眉を寄せた。／刹那《せつな》、腥《なまぐさ》い臭いが、鼻をかすめた。／(血の臭い……)／と、一休が感じ取ると同時に、背後から絶叫が湧き起こった。／反射的に振り返れば、大江が板戸を閉じかけていた。／その音が一休の耳には人の叫びとそっくりに聞こえたのだった。／「湿気のせいか、近頃、建て付けが悪うございましてな」／大江は言い訳めいた調子で言い、板戸に閂《かんぬき》を下ろした。／何故《なにゆえ》の閂、と一休が尋ねる暇もない。大江は小走りに奥へ進み、壁のそこここに明かりの油を足していった。（『尊氏膏《たかうじこう》』〔『東山殿御庭《ひがしやまどのおにわ》』所収、講談社、二〇〇六〕）

短編集に収められた『尊氏膏』の一節だ。一休和尚を謎解き役に配したシリーズもので、伝奇小説で知られる国枝史郎《くにえだしろう》の作品を思わせる独特な世界観が、ここでは堪能できる。（井上）

【著書】＊著作の一部を以下に示す

伝奇時代小説

『一休暗夜行』（光文社文庫、二〇〇一）
『一休闇物語』（光文社文庫、二〇〇二）
『一休虚月行』（光文社カッパ・ノベルス、二〇〇二）
『一休破軍行』（光文社カッパ・ノベルス、二〇〇三）
『一休魔仏行』（光文社カッパ・ノベルス、二〇〇四）
『暁けの蛍』（講談社、二〇〇六）
『東山殿御庭』（講談社、二〇〇六）

北海道が舞台の作品（一部を示す）

『凶獣幻野』（中央公論社C・ノベルス、一九八七→ハルキ文庫、二〇〇〇）＊ホラー

『魔犬召喚』（有楽出版社、一九八八→ハルキ文庫、一九九九）＊ホラー

『完本黒衣伝説』（早川書房、二〇〇一）＊ホラー

『旋風伝（レラ＝シウ）』（朝日ソノラマ、二〇〇二→ソフトバンククリエイティブGA文庫〈一～三〉、二〇〇六）

＊バトルアクション

逆宇宙ハンターズシリーズ（朝日ソノラマ文庫、一九八六～一九九一）

魔術戦士シリーズ（大陸ノベルス、一九八九～一九九二→小学館SQ文庫、一九九七～一九九八→ハルキ文庫、一九九九～二〇〇〇）

アンソロジー

『秘神―闇の祝祭者たち』（アスペクトノベルス、一九九九）

『秘神界―歴史編』（創元推理文庫、二〇〇二）

『秘神界―現代編』（創元推理文庫、二〇〇二）

森真沙子

——時代小説に転じたベテラン作家

【もり・まさこ、一九四四（昭和十九）年一月四日〜】

横浜市に生まれ、函館市で育つ。本名は深江雅子。奈良女子大学文学部国文科を卒業後、「週刊新潮」の記者を経て、一九七九（昭和五十四）年に短編『バラード・イン・ブルー』で第三十三回小説現代新人賞を受賞。一九八四年に処女長編『総統《フューラー》の招待者』で本格デビューを果たし、耽美的なホラーミステリーを得意とした。一九九一年、『家康暗殺』で時代小説に進出。二〇〇七年に発表した『日本橋物語』シリーズが人気を呼び、以降は時代小説作家として活躍する。

受け継がれるミステリーの結構

出版界を舞台に、美術、写真、音楽を小道具に使いながら、伝奇性の強い材料を配し、男女の性愛のもつれを絡める——。森が手がけたホラーミステリーは、よくあるタイプの小説である。初期の作品『闇のなかの巡礼』は、まさにそんなタイプにぴたりとはまった作品といえる。

この観音には、聖性ばかりではなく、呪いをも引き受けそうな不気味な魔性が感じられるからだった。／陽光あふれる四国の風土と、光の奥の闇が、ぼんやりと闇の中に広がっていく。途方もない妄想だが、偶然に違いないさっきの事故が、誰かの呪いで、わたしの眼の前で起こるよう仕組まれていたような気がしてくるのだった。／〈ポックリ寺信仰みたいな気休めですよ〉／伊丹はそう言った。／しかしそれだけだろうか。本当にこの老女たちのウラマイリは廃《すた》れた伝承の、名残りにすぎないのだろうか。／しばらく考えをめぐらしてから、私はネグリジェを脱ぎ、ぬるいシャワーで丁寧に汗を流した。（『闇のなかの巡礼』、講談社ノベルス、一九八四）

夫が編集し主人公の伊丹亜矢子が写真を撮った美術全集に載っている「顔なし観音」。好評、完売であるらしい。しかし、夫や亜矢子に圧力がかかる。この観音と四国巡礼の「裏参り」につながりがありそうだ。だが出版後、つぎつぎと関係者が謎の死を遂げる。亜矢子が謎を探りはじめると、偶発に過ぎないのか「事故」が起こりだす。この観音を見ていると、突然の失踪した友人の鏡子と重なってしまう……。探偵役は結婚二年目で、夫と鏡子のなかを疑って悩む二十七歳の伊丹亜矢子で、フリーの雑誌記者である。

二十五年ほど前の作品である。作者が再読したくない作品かもしれない。確かに、現在の森ならもっと焦点を定め、闇の教団と仕手戦グループの生き残りとの暗闘、主要登場人物とりわけ鏡子の人物像の掘り下げなど、もっとスケールの大きな彫りの深い作品に仕上げることができただろう（本書の新書版裏表紙には、若き日の森の全身写真が載っている）。

時代小説はその草創期から大半がミステリー仕立てである。森の「蜻蛉屋《とんぼや》お瑛」を主人公とする連作短編「日本橋物語」シリーズは、お瑛が探偵役となる捕り物仕立てだ。つまりはミステリーなのである。

とはいえ時代小説だ。森が得意とする芸術的な小道具は、ほとんど存在し得ない。女性特有の（といわれている）いささか鼻につく心理描写も、時代が違えば抑えなければならない。結果、平岩弓枝《ひらいわゆみえ》『御宿かわせみ』や北原亞以子《きたはらあいこ》『深川澪通り木戸番小屋』とも異なる、艶のある気っぷのいい女主人の江戸ストーリーができあがった。

（鷲田）

【著書】＊ミステリー作品は多くが絶版だが、古書でなら入手可能

『総統の招待者』（祥伝社ノン・ノベル、一九八四）
『闇のなかの巡礼』（講談社ノベルス、一九八四）
『水晶の夜―ボヘミアン・グラス殺人事件』（カドカワ・ノベルズ、一九八六→角川文庫、一九八七）
『札幌雪祭り殺人事件』（光文社カッパ・ノベルス、一九八七）
『家康暗殺―謎の織部茶碗』（祥伝社、一九九一）
『廃帝』（角川春樹事務所、二〇〇四）＊「廃帝」とは南北朝期の光厳天皇を指す
『蜻蛉屋お瑛―日本橋物語』（二見時代小説文庫、二〇〇七）
『迷い蛍―日本橋物語二』（二見時代小説文庫、二〇〇七）
『まどい花―日本橋物語三』（二見時代小説文庫、二〇〇八）
『秘め事―日本橋物語四』（二見時代小説文庫、二〇〇八）

宇江佐真理

――時代小説界の超新星

【うえざ・まり、一九四九（昭和二十四）年十月二十日～】

函館市生まれ。本名は伊藤香。函館に在住のまま作家生活を続けている。函館中部高校を経て、函館大谷女子短期大学を卒業後、就職。二十九歳で結婚し、主婦を続けながら作家を目指した。一九九五年、『幻の声』でオール讀物新人賞を受賞し、一九九七年の『幻の声―髪結い伊三次捕物余話』で本格デビューを果たす。二〇〇〇年には『深川恋物語』で吉川英治文学新人賞を得るなど、あっというまに時代小説のトップスターとなった。多作家であり、魅力的な主人公を創造し、涙なしに読み終わることができないドラマチックな人情話を得意とする。

宇江佐の時代小説はミステリーだ

男性作家の領分であった時代小説に、女性作家が続々と登場している。前項の森真沙子は現代小説からの転向組である。「転向」(conversion)と書いたが、貶めてのことではない。だが、松井今朝子《まついけさこ》（『並木拍子郎種取帳』）や畠中恵《はたけなかめぐみ》（『しゃばけ』）のような時代小説一本の者もいる。宇江佐は彼女たちよりずっと年齢は上だが、その新星たちのトップにある。

四十代後半のデビューである。北海道の函館在住である。ハンディキャップは否めないと思われるだろう。しかし、人生九十年の時代である。遅いことはない。しかも時代小説である。年季がいる。二十代で代表作を書く宮部みゆきのような作家は、例外中の例外なのだ。高速・情報社会の時代であり、情報格差はほとんどない。むしろ、煩瑣な「文壇」特有の付き合いに惑わされないというメリットがあるはずだ。

重要なのはどんな作品を書くかだ。書き続ける能力があるか、でもある。多作であるからといって、同工異曲の作品では芸がない。司馬遼太郎《しばりょうたろう》のように一作一作新機軸で、というのは無理にしても、池波正太郎《いけなみしょうたろう》のように同じシリーズ物とはいえ、「鬼平」「剣客商売」「仕掛け人梅安」と三者三様のものを生みだしたいものである。

作者は髪結い伊三次捕物余話シリーズ『幻の声』（一九九七）でデビュー以来、つぎつぎに新作を送り出し、多くの時代小説の読み手を喜ばせてきた。しかも「駄作」というものがない。江戸の情緒、たっぷりすぎるほどの涙と笑いを盛り込んだ、コントラストのはっきりした人情ものを書かせたら、この人の右に出るものはいないだろう。

しかし、髪結い伊三次シリーズ以外の『室の梅』や『泣きの銀次』を読むと、題材も異なれば、主人公の性格もまったく違うのに、その背景にある人間の機微を表す表現は一様に見えてしまう。ここが時代小説の難しいところだ。

そこに登場したのが、『雷桜』(二〇〇〇)である。まったく毛色の違った作品、と目を瞠ってしまうほどの衝撃があった。物語は、瀬田村の庄屋の娘お遊が、ある日忽然と姿を消したところからはじまる。それから十五年後、そのお遊が男(狼女)同然の恰好で、突然姿を現す。ここからさまざまな悲喜劇が起こる、というのはよくあるパターンだろう。しかし、この作品は意想外である。この「おとこ姉様」のお遊と、将軍家斉の十七男、御三卿の清水斉道とが恋に落ちるからだ。

野性育ちの男とわがまま育ちのお嬢さまとのコラボレーションならよくある。しかし、逆のカップルは稀だ。それだけではない。この特異なコラボの交感と交情が「人情」を越え、二人を包み込む自然装置——美しく鮮やかに咲き誇る雷桜が、無言劇を見ているように脳裏に焼き付いて離れない。

瀬田山は嵐のせいで桜の花びらが至る所に落ちていた。特に雷桜のある千畳敷は散った花びらが敷き詰められ、土の色も見えない。/さながら薄桃色の毛氈《もうせん》を敷いたようにも思えた。その景色に三人は息を呑んだ。/「まるでここはあの世だのう」/斉道は吐息混じりに呟いた。/「お戯れを」/榎戸は苦笑した。しかし、榎戸の眼にも、秋を過ごした景色とはまるで別物のようだった。淡い花びら色に彩られた千畳敷は華やかで、それでいて心がしんとする寂寥《せきりょう》をも感じさせる。榎戸は瀬田山の春の印象が、そのまま遊の心の様のような気がしてならなかった。/助次郎は斉道と顔を合わせた時の遊の反応を心配していた。穏やかに話をしてくれたらいいのだがと思っていた。

(『雷桜』、角川書店、二〇〇〇)

紀州藩の養子になることに決まった斉道が、遊に最後の別れを告げようと山へ来た下りである。榎戸は家老、助次郎は斉道の従者で遊の兄でもある。

ちなみに、宇江佐の時代小説はミステリーだ。捕り物しかり、その結構はミステリー仕立てなのである。

（鷲田）

【著書】＊ほとんどの作品は文庫で読むことができる。以下、捕物を中心に示す

『幻の声―髪結い伊三次捕物余話』（文藝春秋、一九九七→文春文庫、二〇〇〇）＊本シリーズは既刊八冊
『泣きの銀次』（講談社、一九九七→講談社文庫、二〇〇〇）＊本シリーズは既刊二冊
『銀の雨―堪忍旦那為後勘八郎』（幻冬舎、一九九八→幻冬舎文庫、二〇〇一）
『室の梅―おろく医者覚え帖』（講談社、一九九八→講談社文庫、二〇〇一）
『おちゃっぴい―江戸前浮世気質』（徳間書店、一九九九→徳間文庫、二〇〇三）
『雷桜』（角川書店、二〇〇〇→角川文庫、二〇〇四）
『余寒の雪』（実業之日本社、二〇〇〇→文春文庫、二〇〇三）＊女剣士の異色「仇討ち」
『斬られ権佐』（集英社、二〇〇二→集英社文庫、二〇〇五）
『ウエザ・リポート』（ＰＨＰ研究所、二〇〇七）＊初のエッセイ集

V　ミステリーを評論する

山前　譲
千街晶之

日本のミステリーは、海外ミステリーの翻訳、翻案、紹介、評論からはじまった。江戸川乱歩の功績は、その著作からもわかるように、小説家としてよりも評論家、書誌家、そして編集者としての功績のほうがより大きいといってもいいほどだ。その乱歩に励まされ、押し出されてミステリー作家になった北海道出身の作家は少なくない。本書に登場した戦前の作家たちのすべてであり、戦後の高城高である。

北海道出身のミステリー評論家は少ない。しかし、その質は高い。『日本ミステリー事典』（新潮選書、二〇〇〇）に登場するのは山前譲のみだが、その執筆陣には山前の他にもう一人、北海道出身の評論家が参加している。

（鷲田）

山前　譲

――ミステリー評論の正統派

【やままえ・ゆずる、一九五六（昭和三十一）年一月七日〜】

北海道（市町村名不詳）生まれ。北海道大学理学部を卒業後、建設土木コンサルタント会社に入社。勤務の傍ら同人誌にミステリー評論を発表し、一九八二（昭和五十七）年、私淑する鮎川哲也作品の文庫化に伴い解説を手掛けたのが初仕事となった。一九八五年にフリーとなり、推理小説の書誌と研究をテーマに「推理小説雑誌細目総覧」などをまとめる一方、『鎌倉ミステリー』を手はじめに各種アンソロジーの編集を手がけている。また、書誌としては『戦後推理小説著者別書目録』（一九九二〜）の編纂を担当し、『日本ミステリー事典』（新潮選書、二〇〇〇）の執筆にも参加。二〇〇三年、『幻影の蔵』で第五十六回日本推理作家協会賞評論その他の部門を受賞している。

マニアックさを感じさせない叙述

「推理小説研究家」を自任する山前の成果は、『日本ミステリーの100年』に凝縮されているといっていい。プレ二十世紀から二〇〇〇年までを編年体で綴り、年ごとに代表作十作をセレクト。ミステリー界の「事件」（作家の誕生・死去日も記す）、さらには社会の「事件」を年表で取り上げ、一年を四ページ単位でまとめた記述である。簡単に思うかもしれないが、一〇〇年である。並大抵の能力ではない。ただし、一九九四年は書きやすかっただろう。

一九九四年　江戸川乱歩生誕百年記念に京極夏彦デビュー／この年は京極夏彦のデビューに尽きる。グラフィック・デザインの仕事が暇になったので書いてみた小説は、なんのつてもなく講談社ノベルスの編集部に送られた（事前に電話で送る了解を得ていたけれど）。読んだ編集部は即座に出版を決めている。妖怪学をベースにした物語は、昭和二十年代後半を舞台に、妖しいペダントリーをちりばめつつ展開されていく。／作者の素性を公表しないで刊行されたデビュー作は、読者に強烈なインパクトを与えた。古書店主の京極堂こと中禅寺秋彦や小説家の関口巽などキャラクターの魅力が、これまでとは違った読者層を開拓していく。ちょうど江戸川乱歩生誕百年だった。そんな記念すべき年に、京極夏彦というミステリー界を大きく変える作家が登場したのも不思議な暗合である。（『日本ミステリーの100年』、光文社知恵の森文庫、二〇〇一）

ミステリーファンにはマニアックな人がいる。偏執狂である。研究者である山前もその一人だろう。しかし、その叙述は少しもマニアックさを感じさせない。乱歩や横溝正史の時代と異なるところだ。山前が私淑していた鮎川哲也とも違う（そういえば鮎川は一九九〇年から二〇〇二年に亡くなるまで、札幌に隣接する北広島市に夏だけ住んでいたそうだ）。山前が事務能力抜群だということにもつながる。

もう一つ、山前の仕事で忘れてならないのは、新保博久《しんぽひろひさ》との編著『幻影の蔵―江戸川乱歩探偵小説蔵書目録』だ。日本推理作家協会賞（評論部門）をとった作品だが、そこで山前は、「偉大なる探偵作家・江戸川乱歩、その生涯を辿る」を書き、末尾付近でこんな言葉を記している。

（前略）一九四九（昭和二十四）年以来書きつづけ、一時は四作同時連載ということもあった年少者向け作品も、一九六二年（昭和三十七）年の『超人ニコラ』で最後となった（口述筆記ではないかとも言われているが、乱れはあるものの乱歩直筆の原稿が残されている）。（『幻影の蔵』、東京書籍、二〇〇二）

山前もいうように、乱歩作品の魅力は、ミステリーの上質さもさることながら、「古びない乱歩の文章」にあった。だが戦後、こんなのが乱歩の作品だなんて、と思われて当然の作品を乱歩が書いていたのである。晩年乱歩を襲った「パーキンソン病」と重ねてみると、残念だが、納得させられてしまう。

中島河太郎《なかじまかわたろう》や権田萬治《ごんだまんじ》のミステリー研究とは異なる質の作品を、特にマニア向けだけでなく一般読者に向けた評論を、新保博久や山前譲にはどんどん書いてほしい。

（鷲田）

【著書】＊現在入手可能なものを中心に示す

『乱歩』〈上・下〉新保博久・共編（講談社、一九九四）

『日本ミステリーの１００年』（光文社知恵の森文庫、二〇〇一）

『幻影の蔵―江戸川乱歩探偵小説蔵書目録』新保博久・共編著（東京書籍、二〇〇二）

アンソロジー

『本格一筋六十年　思い出の鮎川哲也』山前編（東京創元社、二〇〇二）
『名探偵登場！　日本ミステリー名作館』山前編（ベストセラーズ、二〇〇四）
『文豪の探偵小説』山前編（集英社文庫、二〇〇六）
『文豪のミステリー小説』（集英社文庫、二〇〇八）

千街晶之

――本格ミステリー批評を目指して

【せんがい・あきゆき、一九七〇（昭和四十五）年～】

虻田郡倶知安町生まれ。倶知安高校を経て、立教大学文学部日本文学科を卒業。一九九五年、『終わらない伝言ゲーム　ゴシック・ミステリの系譜』で創元推理評論賞を受賞。『日本ミステリー事典』（二〇〇〇）の執筆にも参加した。二〇〇四年、『水面の星座水底の宝石』（二〇〇三、光文社）で第五十七回日本推理作家協会賞と第四回本格ミステリ大賞の評論・研究部門をそれぞれ受賞している。

先入観を裏切るわかりやすさ

笠井潔《かさいきよし》や東野圭吾《ひがしのけいご》を先駆とする現在のニューウェイブ・ミステリーや、我孫子武丸《あびこたけまる》、北村薫《きたむらかおる》などの作品を取り上げ編纂しているという先入観から、よほどマニアックな内容かと思ったら、そんなことはない。評論集『水面の星座水底の宝石』は、書題をどうにかしてほしいなとは思うものの、素直に読むことができる。難解なところはない。今後が楽しみである。

第一章「〈名探偵の墓場〉の方へ」に収載された、松本清張『砂の器』に対する探偵評だ。

(前略)確かに探偵役の今西栄太郎刑事は捜査のために東奔西走するから、そこだけ取り出せば刑事の地道な〈足の捜査〉をテーマにした作品と見えてしまうかも知れない(中略)〔引用者注・ところが今西は〕たまたま目にした雑誌や新聞の記事(中略)といった偶然の信じ難いまでの累積、いわばシンクロニシティから(中略)〔引用者注・霊感を得るので〕ある。これでは犯人はたまったものではない。非のうちどころのない人格者の退職巡査を、自分の出自を知っているというだけの理由で無慈悲に惨殺し、更に人を殺《あや》め続けながら偽りの栄光の座に駆け登ろうとする犯人には、限界ある人間の捜査より、粗にして洩らさぬ天網こそが相応しいとでもいうかのように——。現実的な舞台設定だけを見ていれば騙されるが、ここに描かれているのは、神がかり的な名探偵の掌上に、夜空の恒星群の如く一見互いに無関係な耀《かがや》きを放っている手がかりたちが、まるで早く見つけてくれと言わんばかりに自分から飛び込んできて、それぞれ結びついてひとつの星座《コンステレーション》を幻成《げんじょう》してゆく、天才型名探偵小説のひとつの極北とも言うべき異様な境地なのだ。(『水面の星座水底の宝石』、光文社、二〇〇三)

確かに、作品を皮一枚残さず骨だけにする評論を書いたなら、こういうことになるだろう。だが、犯人が「見立て」殺人なら、単独行の名探偵は「見込み」捜査でゆく(しかない)。ポアロもテレビドラマ「相棒」の杉下右京《すぎしたうきょう》もそうだ。演繹法である。はじめに「犯人」ありきだ。裏はあとからとる。もちろん当たり外れはある。とはいえ、このような手法を否定し、天才型名探偵が総退陣となったらなら、ミステリーはつまらなくなってしまう。

この清張作品の探偵評に「そうだね」とあいづちは打てても、『砂の器』の「探偵」に退場願うのでは、探偵小説を細らせることになるのではないか。もっとも、私もミステリー作品に対してネガティブな評価をする時は、千街とさほど変わらない寸評をしがちであるが。

（鷲田）

【著書】＊文庫解説やアンソロジーの編纂も多数手がけるが、ここでは著書を示す

『ニューウエイヴ・ミステリ読本』福井健太・共編（原書房、一九九七）
『水面の星座水底の宝石』（光文社、二〇〇三）
『本格ミステリ・フラッシュバック』市川尚吾、大川正人、戸田和光、葉山響・共著（東京創元社、二〇〇八）

跋——なぜ、函館はミステリー作家の水源地なのか？

一、なぜ、函館から生まれたのか？

函館は日本ミステリー作家の水源地の一つである。函館からミステリー史に欠かすことのできない三人の作家が、ほぼ同時期に生まれている。しかも三人は周知の間柄なのだ。水谷準、長谷川海太郎、久生十蘭である。

現在、水谷準は作家としてほとんど注目されなくなったが、雑誌『新青年』が取り上げられるたびに新たに想起されている。長谷川海太郎にはすでに二種の全集があり、その主題や手法のアバンギャルドぶりが常に注目され、作品の意味が再発見されている。久生十蘭には熱烈な読者とともに、秘かな研究者がたくさんいる。現在、その研究をもとに、旧全集とはまったく異なる編集方針で、巨細にわたる新たな全集が刊行されている。三人はその活動にふさわしい文学史上の恩恵に浴していると言っていいだろう。

確かに三人は函館出身である。では、「なぜ、三人は函館から生まれたのか？」と問い直してみよう。本書の書題に関わる問いである。

二、函館が国際都市であったことの影響

ミステリーは近代の産物である。近代都市の発生、とくに民主的な市民、科学技術（客観的な捜査手法）、法律（法治主義）、論理的思考、国際性の成立と結びついて生まれた、とはよくいわれることだ。江戸川乱歩の傑作短編『D坂の殺人事件』（一九二五）は、農村共同体（郷村）的な濃密な人間関係が壊れた都会で、孤独と自由が一体となる希薄な人間関係が成立しなければ生まれ得なかったと言われるが、事実そうだろう。

この意味で、函館は日本最初の「開港」地であり、外国に開かれたファースト・シティである。身分制に拘束されない、希薄な人間関係のなかで市民がいきいきと活動する、外国に開かれた国際都市である。水谷、長谷川、久生の三少年たちは、この函館の自由な雰囲気を満喫して成長したことも確かである。だから、三人のミステリー作家が函館に生まれる必然はあった、と言うことができるだろうか？　否、できない相談である。

乱歩は濃密な人間関係が色濃く残っていた伊賀（三重県）の名張に生まれた。出身地がどうであるかは、その人が「重要人物」（サムボディ）になる「土壌」である場合もあれば、まったくそうでない場合もある。それ以上でも以下でもない。

三、出身作家を顕彰する小樽、しない函館

なんだ、函館と三人のミステリー作家には、出身地以外になんの必然的つながりもないのか、といぶかる人は、この三人を、小樽出身の二人の作家、小林多喜二と伊藤整の取り上げられかたと比較してみるといい。

多喜二も整も、日本文学史のなかで特別な位置を占めている。この点では、ミステリー史上における函館の三人と本質的に変わりはない。しかし、根本的に違うところがある。

第一に、二人は小樽と深く関わって生きた。第二に、小樽（周辺）の地と緊密に関連する作品も描いている。じゃあ、函館と似た国際港湾都市・小樽がこの偉大な作家を生んだ、ということができるだろうか？　できない。それは土壌に過ぎないのだ。

第三に、「多喜二祭」を挙行し、「伊藤整賞」を設立したことにも端的に表れているように、小樽は

二人の作家を顕彰し続けている。なかなかできないことである。二人を郷土の文化財と見なしているのだ。

これに対して函館には、小樽のような作家との三つの関係はない。準、海太郎、十蘭の三人は函館と無関与に生きた。準の作品に例外はあるものの、三人は函館を舞台にした作品を描いていない。それにもまして函館は、まったく無関心といったら語弊にはなるが、三人の作家の顕彰をほとんどしてこなかった。結果、函館が日本におけるミステリー作家の大水源地の一つであるという事実を、自ら放棄した形になっている。これこそ、文学遺産の毀損でなくて何だろう。この事実は、函館がつい最近まで文学の不毛の地であったことと、決して無縁ではないだろう。

四、作家の営為を吸収し、未来へ生かす

しかし、北海道、とりわけ函館と準・海太郎・十蘭、とりわけ小樽と多喜二・整との関係において決定的に欠落しているのは、これら作家たちの作品を読み、そこから感受し、学び取り、生きてゆく糧、あるいは創作の養分を吸収し、未来へと生かしてゆく懸命なる努力である。この点では、函館や小樽にかぎらず、北海道すべてに共通する欠点といえる。

ただし、誤解してもらっては困るが、多喜二文学祭開催や整文学賞の設立のような文化事業をするべし、などと述べたいのではない。文学碑をたて、文学館を設立することを文化活動の中心におく弊害は、北海道でも例外なく見受けられることだ。

なによりも望ましいのは、準や海太郎や十蘭に続き、彼らを超えるような作品が生まれることである。この点では、北海道は決して恥ずかしくない業績を残しつつある。必要なのは、今の彼らに続く

作家たちを応援すること、端的には、その作品を買い、読み、大いに論じ合うことだ。この点ではいささか心許ない。

五、孤独な闘いを続ける作家たちに光を

本書で紹介したように、現在、北海道出身のミステリー作家が大車輪で活躍している。佐々木譲、東直己、今野敏、鳴海章、京極夏彦、馳星周、宇江佐真理等である。山前譲のようなミステリー研究家も生まれている。北海道は、かつての「相撲王国」と同じように、「ミステリー王国」という観を呈していると言っていいのだ。

この事実は、北海道がミステリー作家を生む土壌を持っていることを如実に物語っている。だが、それは土壌に過ぎないのだ。そこに作家たち本人が自ら種を播き、水をやる苦心惨憺の努力があればこそ、優れた作品が生みだされているのである。これは当然のことだ。創作とは極めて個人的な営みだからだ。

しかし、私がいうのもおこがましいが、北海道民は、官も民間も私人も、作家たちのこの孤独な闘いの事実を知らない。闘いの貴重さに理解を示さない。道産の海産物や生キャラメルには敏感な道民が、道産の作家や文芸作品にはとんと無関心である。なるほど、作家とその作品を郷土愛で包み、絡め取るのはいただけない。しかし、作家の作品を愛読し、批評し、評価し、時に顕彰することは必要なのだ。それは、作家と作品を大きく育てるためでもあり、それに続く作家と作品を生みだすためでもある。

本書は、北海道出身のミステリー作家とその作品に光を当てることによって、「北海道文学の不可能

性」とともに、「北海道で生まれた文学の新たな可能性」を発見する一里塚になろうとする試みである。これを契機に北海道出身の文学者とその作品に、旧来とは違った光のもとで接することができれば、と念じている。大方の批判を歓迎したい。

（鷲田）

【ま】

【や】

【ら】

【わ】

【さ】

【た】

【な】

【は】

作家名索引

鷲田小彌太（わしだ・こやた）
1942年北海道札幌市生まれ。1966年、大阪大学文学部哲学科卒業。1972年、同大学大学院博士課程修了。津市立三重短期大学教授を経て、現在、札幌大学教授。哲学・倫理学の教鞭をとる傍ら、評論活動、エッセイ・人生書等の執筆も精力的に行う。『新 大学教授になる方法』（ダイヤモンド社）、『日本を創った思想家たち』（PHP新書）、『「佐伯泰英」大研究』『ビジネスマンのための時代小説の読み方』（共に日経ビジネス文庫）など、著書は200冊を越える。

井上美香（いのうえ・よしか）
1963年北海道札幌市生まれ。鷲田研究所の所員として鷲田小彌太の仕事を補佐しながら、新聞等で原稿を執筆。本作が初の著書となる。

Special Thanks to
竹島正紀、永野舞子

なぜ、北海道《ほっかいどう》はミステリー作家《さっか》の宝庫《ほうこ》なのか？

2009年7月27日　初版第1刷発行

著　者　鷲田《わしだ》　小彌太《こやた》
　　　　井上《いのうえ》　美香《よしか》
装　幀　江畑　菜恵［esデザイン室］
編集人　井上　哲
発行人　和田　由美
発行所　株式会社亜璃西社《ありす》
　　　　〒060-8637　札幌市中央区南2条西5丁目6-7
　　　　　　　　　　TEL　011-221-5396
　　　　　　　　　　FAX　011-221-5386
　　　　　　　　　　URL　http://www.alicesha.co.jp/
印刷所　株式会社アイワード

ISBN978-4-900541-81-8　C0095